新 潮 文 庫

土佐くろしお鉄道殺人事件

西村京太郎著

新 潮 社 版

11875

目　次

第一章「昭和の歌を聞け」……七
第二章「一つの謎と一つの事件」……五六
第三章「過去と決別できるか」……一〇四
第四章「加納は予行演習をやったか」……一五四
第五章「死が見えなくなる研究」……二〇三
第六章「誰よりも心を病む男」……二五二
第七章「面白くて怖い時代」……三〇二

土佐くろしお鉄道殺人事件

第一章　「昭和の歌を聞け」

I

二〇二一年五月十五日。

私、加納駿次郎《かのうしゅんじろう》は、五十歳を迎えた。最近は人生百年といわれるから、私もようやく人生の半分を生きたことになる。

私は、明日から後半生を生きるに当たって、これからは、自分の生きたいように生きることに決めた。

ただし、これまでの五十年を否定するわけではない。その五十年間の中に、自分で渇望《かつぼう》していた瞬間もあったが、それを兄の手前、無理に抑えてきた。そこで、これからは遠慮なく、その瞬間だけを引き延ばして、生きることにしたのだ。

たぶん、他人の眼には、時代錯誤に映るかもしれない。簡単にいえば、令和の人生ではなく、昭和の人生を生きるのだ。

一九八八（昭和六十三）年、私が十七歳の時に、父、加納多一郎《たいちろう》が亡《な》くなり、七歳年上の兄と私が、東京・蒲田《かまた》の工場地帯に遺《のこ》された工場を引き継いだ。

金属加工とメッキが得意分野で、大企業の下請け、孫請けが主な仕事である。

父は努力家で、自動車会社の下請けをやりながら、独自の家庭用品を作り出し、それが成功して、工場を大きくしていった。

従業員数人の小さな町工場を、一代で、百人近くが働く工場に発展させた。工場の敷地も、当初の三十坪から、十倍の三百坪まで拡《ひろ》げた。

兄は、父に似た努力家で、工場を更に大きくした。従業員も増やした。しかも、普通、町工場は、銀行からの借金が増すものだが、珍しく借金を減らしたのである。

その点、私はといえば、生まれつき機械油の匂《にお》いが苦手だった。大学も、兄が工業大学を選んだのに対して、私は文系で歴史や哲学を学んで、兄をがっかりさせた。

文字通り、愚弟賢兄である。

しかし、私には、歴史や哲学を学びたい理由があった。それを書いておきたい。

その理由は、我が家の歴史である。

加納家は、先祖代々、高知の人間であった。いや、高知といわず、土佐というべきだろう。

父は、川崎で町工場を始め、蒲田に移って、そこで死んだのだが、町工場には「とさ加工」の看板を掲げていた。もちろん、土佐から名づけたのである。

土佐の人間は議論好き、政治好きで知られている。その上、偏屈だから、人が右といえば、自分は左というところがある。

この気風が、数多くの政治家を生んでいる。特に反権力の政治家、思想家である。たとえば、板垣退助《いたがきたいすけ》、中江兆民《なかえちょうみん》、幸徳秋水《こうとくしゅうすい》といった土佐人だ。

しかし、「いごっそう」は経済には向かないのか、土佐の経済人といえば、三菱《みつびし》の創始者といわれる岩崎彌太郎《いわさきやたろう》しか思い浮かばない。

土佐藩は、武士の上下関係が特に厳しく、上士《じょうし》は主君に目通りできるが、下士《かし》は、直接会うことが許されなかった。

当時、各藩には、さらに郷士《ごうし》と呼ばれる人たちがいた。郷士は、普段は農業に従事しているが、いざという時には、武士として働く。上士と下士との中間の存在と見る人もいる。

土佐藩の場合、郷士は特別だった。

他藩に比べて、数が多いのである。藩によっては、郷士が存在しない藩もあったのだ。土佐藩が特別な所以《ゆえん》だが、それには土佐藩の歴史が関係している。

土佐は、もともと長宗我部《ちょうそかべ》家が支配していたが、関ケ原合戦で西軍に味方したため、領地を没収されてしまい、東軍に加わって功績のあった山内《やまうち》家が、新たに藩主になった。

この時、新藩主になった山内一豊《かずとよ》は、長宗我部の旧臣は雇わないことに決めて、全く新しい家臣団を連れて入国した。

ところが、計算が違い、家臣の数が不足した。上士、下士で足りず、そこで郷士をあわてて募集した。

そのため、土佐藩では、他藩と比べて、異常に郷士の数が多かったといわれている。数ばかりでなく、身分も高かった。他藩の郷士は、馬に乗ることが許されない。下士が〝徒士《かち》〟と呼ばれたのと同様だが、土佐藩では、郷士も馬に乗ることが許されたのだ。

坂本龍馬《さかもとりょうま》が生まれたのは商人の家だが、有力な資産家だった。それで数代前に、金で郷士株を買って、武士になることができた。

一八六一（文久元）年八月、郷士の武市半平太《たけちはんぺいた》が土佐勤王党《きんのうとう》を結成すると、土佐藩の郷士の多くが参加した。もともと郷士の数が異常に多かったのだから、一大勢力になった。土佐勤王党の目標は、「尊王攘夷《じょうい》」である。

同じ郷士の家だから、龍馬も参加している。龍馬が加わったのは同年九月、二十六歳だった。

それまでの龍馬は、これといった活躍はしていない。というより、呑気《のんき》に江戸遊学をしていたといっていい。

一八五三（嘉永《かえい》六）年四月、龍馬は十八歳で江戸に出て、北辰《ほくしん》一刀流の千葉定吉《ちばさだきち》道場に入門した。一年間の修行を終了して、土佐に帰国したが、一八五六（安政三）年に再度、江戸へ出立。剣術指南を受けるためで、二年間修行した。

二十三歳の時、千葉道場より「北辰一刀流兵法皆伝」を受けたといわれるが、同時に、千葉定吉の娘、佐那子《さなこ》と婚約している。

剣ひと筋でもなく、とても、この時代の英雄児という感じはない。

それどころか、姉の乙女《おとめ》に送った手紙で、「二十六歳、剣もなぎなたも強く、顔も加尾（初恋の女性）より美人、気立てもいい」と書いているのだ。黒船来航の時代なのに、呑気である。

当時の龍馬が江戸で接した若い志士は、学のあるインテリたちで、国家の行く末を憂《うれ》えたその会話に、龍馬はついていけなかったといわれている。龍馬は剣術好きだが、学問嫌いだった。完全に楽しみの江戸遊学だったといえる。

ただ、龍馬には、動物的な勘と、誰とでもすぐ親しくなれる性格、人柄という武器があった。

もし龍馬が、江戸の平和な時代に生まれていたら、その順応性を発揮し、剣術好きの郷士の一人として、土佐の片隅で一生を過ごしただろう。美人で少しおきゃんな、お龍《りょう》のような嫁を迎えて——。

だが、龍馬が十八歳で江戸に遊学した時、彼を迎えたのは、平和な江戸ではなく、ペルリの黒船だった。

黒船を眼の前にした龍馬は、若者らしく、日本のために追い払う必要を感じた。妥当な反応だが、その一方で、佐那子と婚約している。呑気だが、これが龍馬という男なのだろう。

しかし、時代は疾風怒濤《どとう》期を迎えて、佐那子と二度と会うことを許さなかった。

土佐藩で生まれた土佐勤王党は、下士、郷士たちの集まりだったが、党首の武市半平太は、混乱する藩論を統一しようと、「尊王攘夷」を主張した。

本来、尊王と、外国勢を追い払う攘夷は別のものだが、それがくっついたのは、この時、攘夷を叫んでいたのが天皇だったからである。

幕府には、アメリカ、イギリス、ロシアなどの外国勢を追い払う力が不足していたので、幕府は自然に開国派になっていた。

天皇――攘夷

幕府――開国

に分かれることになったのだ。

龍馬は、土佐勤王党に参加した九人目の志士だった。私の先祖、加納誠市郎《せいいちろう》も同じ郷士である。誠市郎は、十八人目に土佐勤王党に入党している。

土佐藩主、山内容堂《ようどう》は開国派だった。藩政は、上士で藩の要職にあった吉田《よしだ》東洋《とうよう》に預けられていた。

容堂は、最後まで公武合体派（天皇と幕府が一致して政治に当たることをめざす）だった。

土佐勤王党の武市半平太は、藩政を尊王攘夷に統一しようとして、上士の吉田東洋を斬殺《ざんさつ》させる。

それで一時、藩政は勤王党に傾くが、山内容堂は、武市半平太を逮捕、投獄し、土佐勤王党は潰《つぶ》されてしまう。

党の同志たちは、逮捕、処罰を恐れた。吉村寅太郎《よしむらとらたろう》や龍馬たちは、次々に脱藩し、他藩や京都に逃れていた。

私の先祖の加納誠市郎も、山越えして他藩へ逃れる途中、逮捕され、斬首されてしまった。

したがって、明治維新では、ほとんど何の活躍もしていないのだ。

同じ郷士で、土佐勤王党に加盟していた坂本龍馬とは、大違いである。龍馬は素早く脱藩して長崎に逃れ、その後、中岡慎太郎《なかおかしんたろう》と薩長《さっちょう》連合に動いて、明治維新の基礎を作っている。

加納家は、龍馬と同じく商人の家系で、同じように郷士の株を買ったのだが、明治になってからは、高知市内で商家に戻っていた。

一つの挫折《ざせつ》である。それも、加納誠市郎が、藩命に抗した犯罪人だったからだ。

私の先祖は、もう一度、挫折する。一九三六（昭和十一）年二月二十六日のクーデター、いわゆる二・二六事件に、祖父の加納雄一郎《ゆういちろう》が参加したのだ。

雄一郎は、陸軍幼年学校から士官学校を卒業し、二・二六の時は、二十三歳で陸軍中尉《ちゅうい》だった。

我が加納家は、明治維新から大正まで、雌伏を強いられた。そこで、昭和の若き陸軍将校、加納雄一郎に大きな期待をかけることになったのだ。

ヨーロッパでは、軍隊の将校の地位は、長いこと貴族のものだった。日本では、華族制度が生きていたにもかかわらず、成績が良ければ、貧農の子供にも将校への道が開けていた。誰でも、大将になることができたのである。

これは素晴らしいことだが、同時に欠点にもなった。士官候補生が、現実の社会問題と向き合うことになってしまうからだ。

その欠点はともかくとして、明治、大正の加納家は、商家として世過ぎをしつつ、軍隊での出世に賭《か》けたのである。

祖父、加納雄一郎は、幼い時から聡明《そうめい》で、気力、体力にも秀《ひい》でていたという。子供の頃の写真を見ると、笑っているものは少なく、ほとんどが、キッと前方を見据えていて、周囲の大きな期待を背負った自覚が窺《うかが》われる。

中学一年の時に陸軍幼年学校を受験し、全国十番の成績で広島陸幼に入校した。三年間の幼年学校生活の後、士官学校予科に入る。

祖父は、周りの期待に応《こた》えようと、全力で勉学に励み、訓練に明け暮れた。成績は常に上位。だが、若く敏感な神経は、現実問題と向き合ってしまう。「娘売ります」という農民たちの貧しさ、二百万人の失業問題、世界と対決する政府の外交問題である。

高い塀に囲まれた校内には、努めて外の問題を入れないようにするのだが、月に数回の外出があるともなれば、嫌でも汚濁にまみれた現実と向き合うことになる。祖父が純粋であればあるほど、現実の悪が許せなくなる。勉学に集中できなくなる。

陸軍士官学校を卒業した後は、当然、陸軍大学校に進むだろう。陸大を首席で卒業すれば、前線に配属されることもなく、陸軍参謀本部に入り、陸軍大臣と進んだ末に、総理大臣も夢ではない。現実に、陸大を優秀な成績で卒業、陸軍大臣から首相になった人もいる。

加納雄一郎に大きな期待をかけていた人々にとって、陸軍大学校から参謀本部が最低の線だった。

祖先の加納誠市郎は、幕末の動乱に乗じて土佐勤王党に参加しながら、大きな仕事をしなかった。それどころか、藩政に背く不忠義者として投獄され、処刑されたのだ。

その汚名返上を期待されたのが、私の祖父、加納雄一郎だった。

広島陸幼から士官学校予科に進み、いずれも五番以内。特に陸士は次席で卒業し、いったん郷里である高知の第一一師団に、小隊長で配属された。

周囲の誰もが、雄一郎は陸軍大学校に進み、陸軍参謀本部に入るものと考えていたのである。

ところが、時代が、彼の進路を変えてしまった。

2

加納雄一郎が生きた昭和は、テロと戦争の時代だった。

第一次世界大戦が終わって、平和を迎えていたが、軍の上層部は、再び世界大戦がやってくると覚悟していた。

それに対して、日本社会は、世界恐慌《きょうこう》に悲鳴をあげ、中国と問題を起こしていた。

ドイツではナチスが台頭し、その国家社会主義に、日本の若い政治家や軍人は憧《あこが》れた。

民間でも、右翼の国粋主義者が力を持つようになった。

黒龍会や東方会、国柱会、血盟団といった結社や団体、個人では大川周明《おおかわしゅうめい》、北一輝《きたいっき》、井上日召《いのうえにっしょう》たちの活動が、若手の将校団と結びつこうとしていた。

陸海軍、特に陸軍の若手将校たちは、昭和四年頃から、一夕会《いっせきかい》という親睦《しんぼく》団体を作り、時々集まっていた。

だが、本当は親睦のためではなく、軍の改革を話し合うための会合だった。

事実、一夕会は、昭和四年五月十九日の第一回会合で、会の目的を次のように規定している。

一、陸軍の人事を刷新し、諸政策を強く押し進める
二、満蒙《まんもう》（満州と蒙古）問題の解決
三、荒木貞夫《あらきさだお》、真崎甚三郎《まさきじんざぶろう》、林銑十郎《はやしせんじゅうろう》の三将を盛り立て、陸軍を立て直す

さらにこの中の「一、」について、次のように詳しく語られている。

「人事の刷新には、会員を重要ポストに逐次就かせ、自己の領域において、上司をして、会の意図するところを実現せしむる如《ごと》き、お互いに協力するということで、要するに同憂の士が志を同じゅうして、諸事の正常化に邁進《まいしん》するものであって、非合法の

手段に訴えて自ら革新を断行しようとするものではない。まして、クーデターの如きは、会として考えていない」

これを読むと、彼らは軍の中枢《ちゅうすう》を支配したいが、非合法の手段に訴えたり、クーデターを企てたりはしないといっている。軍の上層部に不満を持つ若手将校から見れば、まだるっこしくて仕方ないだろう。

そこで、若手将校の急進派は、一夕会とは別に、桜会を結成する。その会の中心にいたのが、若手の橋本欣五郎《はしもときんごろう》中佐だった。

橋本欣五郎は、一八九〇（明治二十三）年生まれ、明治四十四年、陸軍士官学校（二十三期）卒業、大正九年に陸軍大学校を卒業している。

昭和二年にトルコ駐在武官となったことで、当時トルコ建国の父といわれたケマル・パシャ（尊称アタテュルク＝トルコの父）の国家資本主義に感銘を受け、国家改造を目標として、桜会を結成したのだ。

国家改造を考えていたのは、陸海軍の若手将校たちだけではない。同じ考えの民間右翼も、数多く出現している。

その多くが国家社会主義を標榜《ひょうぼう》するのは、当時ドイツで台頭してきたヒトラーのナチスの影響だろう。

これらの民間右翼団体は、次第に、若手将校たちの国家改造運動と結びついていく。繰り返すが、昭和はテロとクーデターの時代であり、それが日中戦争、太平洋戦争に発展していったのだ。

五十歳の私が、今にして考えると、当時の若者たちは、一様に焦《あせ》っていたのだと思う。

息せき切って走らなければ、日本という小国は、世界の強国に押し潰されてしまう。そんな恐怖を持っていたような気がする。

日清《にっしん》、日露戦争に偶然勝ってしまい、三等国から突然、一等国になったが、日本はやたらと貧しかった。

経済だって、小さいものである。一流国をまねて金解禁に踏み切ると、あっという間に、金と円が海外に流出してしまった。

都会も貧しく、昭和の恐慌では、大学を卒業しても仕事がなく、大卒ホームレスが生まれた。

農村はさらに貧しく、米を作っているのに飢餓に襲われ、「娘売ります」の新聞広告が出たりした。

若手将校たちも、こうした社会と直面する。永田《ながた》鉄山《てつざん》や石原莞爾《いしわらかんじ》といった秀才は、第一次大戦後のヨーロッパを視察してきて、全く同じ考察を述べている。

「第二次大戦は必ず起きる。日本も巻き込まれるが、それは間違いなく総力戦になる。しかし、日本は資源に乏しいため、総力戦には必ず敗北する。どうすればいいのか。満蒙を占領し、その資源を活用する以外に、日本の勝ち目はない」

つまり、次の戦争に備えるためには、満蒙を押さえるための戦争をしなければならないというのである。石原莞爾流にいえば、戦争で戦争を養うということになる。

何故《なぜ》、平和を考えなかったのか。それも、貧しさのためだったと、私は思う。なまじ一等国扱いになり、植民地を手に入れたために、世界の強国に圧迫されるようになってしまった。実際には貧乏なのに、自尊心だけはやたらに強い。

「我が国は貧乏なので、皆さんと戦争なんかとても出来ません。占領地は全部お返ししますから、しばらく放っておいてください」とは、口が裂けてもいえないのだ。

だから、どの大国に向かっても勇ましく構えて、「戦争なら受けて立つぞ」と息まいてきた。揚げ句に、アメリカ、イギリス、中国、オーストラリアたちと、十把ひとからげに戦争をやってしまった。

アメリカ一国にだって勝てるわけがないのに、馬鹿《ばか》である。大馬鹿である。

昭和を語る本を読むたびに、私は、当時の若者を罵倒《ばとう》していた。

しかし、ここに来て、私は当時の若者がいとおしくなった。好きになった。

その理由の一つに、昭和十一年二月二十六日のクーデターで死んだ祖父、加納雄一郎中尉二十三歳のことがあった。

3

加納雄一郎は、国賊である。

国賊として、銃殺されている。それも、天皇に反抗した国賊なのだ。

二・二六事件は、皇道派と統制派の派閥の争いでもあった。

主として陸軍の皇道派が起こしたクーデターで、それが失敗したために、皇道派の軍人は、陸軍の中心から追い出された。以後、陸軍の中枢は、統制派が占めたといわれる。

二・二六を主導した皇道派の評判は、くそみそだった。最近出た本の中でも、二・二六に際しての皇道派の動きは、軍事評論家たちから、次のように批判されている。

「——クーデター計画としてはお粗末で、彼らの要求を読むと、統制派の武藤章《むとうあきら》を左《さ》遷《せん》しろとか、つまらないものが多いのです」

「天皇が反対することがわかっていない。甘いといえば甘い計画です」

「皇道派の精神主義というのは、合理主義に欠けるということ。総力戦が苦手な連中です」

「皇道派と統制派がぶつかれば、皇道派が負けるに決まっているんです。だから戦争でも精神主義ばかりで、最後は竹槍《たけやり》になってしまう」

「統制派の出していた陸軍のパンフレットを読むと、彼らが国防国家に向けての戦略思想を、ちゃんと持っていることがわかります。皇道派には、そんなものは何もなくて、統制派に対する反撥《はんぱつ》だけだった」

確かに、批判されても仕方ない。失敗するのも当然の計画であり、行動だった。

私は、最初、この祖父が嫌いだった。

祖父が国賊になったせいで、加納家は、長年住み慣れた高知を去ることになった。

戦後、父が川崎に小さな零細工場を作り、家族が油まみれで働くことになった。

私も、川崎の工場地帯で生まれた。煤煙《ばいえん》の下で大きくなった。町工場の拡張に伴って、一家は東京・蒲田に移ったが、そこも工場地帯である。

父は、郷土の高知には、二度と足を踏み入れぬと誓い、実際に一度も高知に帰ることなく亡くなった。

そんな具合だから、私も高知には行ったことがなかった。加納家を追い出した高知も嫌いだし、二・二六で死んだ祖父も嫌いだった。なにしろ天皇を怒らせた国賊なのだ。祖父の話をするのも恥ずかしかった。

祖父が書き残した日記も読まなかったし、二・二六について書かれた本も遠ざけていた。

それが、ここに来て、少しばかり変わってきた。私は祖父の日記や遺した手紙などに眼を通すようになってきたのだ。

そうなると、私の祖父嫌いも変わってきた。その理由の一つは、祖父を含めた皇道派の青年将校たちが持つ純粋さだった。

ここまで人間は純粋になれるのかと、祖父の日記を読むと考えてしまうのだ。

二・二六における皇道派の若手将校の計画を批判する人たちも、この点については、次のように書いている。

「――しかし、決起趣意書には、明らかに五・一五事件などとは違う純粋さがあります。四日間にわたるクーデターは、その精神性と、陸軍幹部の現実的対応との相克でした」

「官僚的軍人は、みな統制派だったが、軍人らしい軍人は皇道派に多かった」

「皇道派の若手将校たちは、最初から最後まで、天皇が自分たちの味方についてくれるものと信じて、疑わなかったのです」

その純粋さが素晴らしいのだが、純粋さゆえに、荒木貞夫や真崎甚三郎といった大将たちに裏切られてしまうのである。

青年将校たちが決起したとき、彼らの指導者を自任していた真崎は、「天皇陛下は、すでに君たちの気持はおわかりになっている」と嘘《うそ》をいって欺《だま》す。青年将校たちは、それを素直に信じて、感激するのである。

クーデターを実行する人間としては、単純すぎるとも思うのだが、その純粋さがあったからこそ、死を懸けて決起したともいえるのだ。

その点、桜会のリーダーだった橋本欣五郎大佐は、なまじ才気にあふれて、いろいろと策を弄《ろう》したため、過去二回の決起は未遂に終わり、二・二六のときも決起に遅れてしまっている。

私の祖父は、十四歳で広島の陸軍幼年学校に入り、ここで信じられる戦友たちを作り、士官学校に進んでからも、その友情や国を憂う気持は変わらなかった。祖父の仲間全員が、二・二六のクーデターに参加しているのである。

十四、五歳の幼年学校時代から、世相を憂い、政財界のでたらめぶりに腹を立て、軍の改革を考えていた。

士官学校を卒業し、地元の師団に小隊長で配属されてからも、仲間との固い友情は変わらず、揃《そろ》って二・二六に参加するのだ。

固い友情、国民への愛情、国家と軍の改革への意志の強さ……。私は少しずつ、祖父の生き方に感動し、憧れていった。

その一方、私自身の生活はといえば、兄と一緒に、東京の蒲田で、工場の経営に四苦八苦していた。

大学を卒業後、一般企業に就職したものの、そこが肌に合わず、父の跡を継いだ兄に頼んで、会社に入れてもらったのである。その頃は工場の業績も好調で、私にも仕事が務まっていた。

しかし、中国経済の発展とともに、日本の町工場は、価格競争で太刀打ちできないようになっていった。我々の工場も例外ではなかった。

さらにここにきて、コロナ禍で受注が減り、経営が厳しくなった。特に、大企業の下請け、孫請けは、全滅に近い。

その上、社長である兄が、急病で倒れ、亡くなったのである。

私は、将来の見えない中小企業の経営から、手を引くいい機会だと思った。

それに、思わぬ追い風も吹いてきた。

昔の蒲田、川崎といえば、工業地区の代名詞だったが、少しずつ工場が減り、代わりに住宅地区に変わっていった。

都心に近いのに、地価が割安だったからで、工場の跡地に、高層タワーマンションが建つようになった。

「とさ加工」は、景気のいい時に、工場を大きくしていった。父が大きくし、兄もさらに敷地を拡げていた。蒲田駅から遠くないところで、三百五十坪の工場になっていた。

会社としては赤字が続き、従業員の数も、どんどん減らしていた。

ところが逆に、地価は上がっていった。蒲田駅の近くの相場は、坪三百万円を超え、私の工場あたりにも、不動産屋が鞄《かばん》を提げて歩き廻るようになっていた。遅れてきたバブルである。

私は決心した。

工場の土地を売り払えば、遺された兄の家族と折半しても、私の手元に、五億円くらいの金が残ることがわかった。

兄の第一の願いは、高知に帰ることだった。

私も兄も、加納家が高知を追われてから生まれているから、高知の記憶は当然ない。しかし、兄にとって、父祖の地といえば、やはり高知だった。

加納家が何代にもわたって暮らしたのが、高知だからである。

もう一つの夢は、郷里に自分の名前を冠した交通会社を作ることだった。

兄は鉄道好きで、学生の頃は、全国の鉄道に乗りに行っていた。工場を継いでからは、忙しくて時間がないことを、しきりに嘆いていた。

私は、兄の夢も携えて、コロナ騒ぎの最中に、高知に帰ることを決心した。

私は、川崎で生まれ、蒲田で育ってきた。これからも東京に住み、東京で死ぬものと決めていた。

それもこれも、国賊となった祖父のせいだと、ずっと思っていた。

ところが、中年になってから急に、二・二六で銃殺刑で死んだ祖父の、二十三年の生き方、死に方に関心を持つようになった。

それで、兄の夢も背負って、祖父の郷里でもある高知行を決めたのである。幸いというべきか、私は独身で、身軽な生活である。

初めての高知行になる。いや、初めての土佐行である。

そんな私には、ほかにも祖父をまねて、親しむようになったものがある。

祖父たちが口ずさんでいたという歌である。

その歌の題名は「昭和維新の歌」だ。

歌詞は古めかしい。聞き慣れない漢語が多い。だが、どこか懐《なつ》かしいのだ。繰り返し口ずさんでいると、なぜか祖父の気持がわかってくるような気がする。

大川周明が作ったという説もあるが、確かではない。大川や土井晩翠《どいばんすい》の詩を集めて作詞したともいわれている。

歌は一番から十番まであって、長い。その中で、私が気に入っているのは、二番の歌詞である。

　権門上《かみ》に傲《おご》れども
　国を憂ふる誠なし
　財閥富を誇れども

社稷《しゃしょく》を思ふ心なし

問題は、この歌を生んだ、当時の世相である。さらにいえば、私の祖父を含めた若者たちが、なぜこの歌を愛唱したか、である。

昭和を迎えて、人々は新しい時代に期待した。

昭和元年から、十一年二月二十六日までが、果たしてどんな時代だったのかを調べてみたい。もちろん、私は生まれていないから、本や資料に頼るしかない。

手掛かりになるのは、祖父の日記と、祖父たちが起こしたクーデター、そして、この「昭和維新の歌」である。

4

私は、この時代を調べ、考えてみた。

昭和元年。

大正十五年十二月二十五日に大正天皇が亡くなり、同日、昭和天皇が即位された。

新聞は、新しい天皇の肖像を載せた。昭和の始まりである。したがって、昭和元年は、わずか七日間だった。

昭和二年。

年の始めから、今の新型コロナウィルスを思わせるインフルエンザが猛威をふるった。世界風邪と呼ばれたこの疫病《えきびょう》は、一月から十月までの間に、警視庁管内だけで三十七万人の患者が発生し、死者は一日に六十五人に達したという。

幸先よしとはいえない、昭和の始まりだった。

肝心の政府は、憲政会の若槻《わかつき》禮次郎内閣だった。野党の政友会は、二つのスキャンダルで、内閣を攻撃している。

その一つは「朴烈《ぼくれつ》事件」で、朝鮮人の朴烈と日本人の妻が、天皇と皇太子の襲撃を計画したとして、逮捕され死刑判決を受けた事件である。

もう一つは、震災手形にまつわる不手際《ふてぎわ》だった。さらに蔵相の失言から金融恐慌が起こり、取付け騒ぎが多発した。また、この年の七月には、芥川龍之介《あくたがわりゅうのすけ》が「ぼんやりした不安」で自殺している。

祖父の加納雄一郎は十四歳で、広島陸軍幼年学校に入学した。幼年学校では日記を書かされるが、三年間は外部との接触が限られている上に、学業第一なので、外に目を向ける日記の記述は、自然に少ない。

幼年学校の三年が終わると、予科二年、隊付六ヵ月、本科一年十ヵ月が待ち受けている。

十七歳で予科に入ってから、祖父の日記は、外の世界に眼を向けるようになる。批判的な言葉も多くなっている。


昭和五年。

まだ戦争もおこっていなく、一応平和である。

ただ、昭和恐慌が始まった年でもある。

政府は、蔵相に井上準之助《いのうえじゅんのすけ》を据え、自信満々に金解禁に踏み切った。人々は銀行に殺到して、解禁された金を手に入れようとした。

ただ悲劇は、アメリカで大恐慌が起こり、空前の不景気が始まっていたことだった。日本の輸出製品の第一は生糸だったが、アメリカに全く売れなくなってしまった。

恐慌は深刻になっていく。日本の失業者数は二百万人を超えた。当時の全就業者数は七百万人だから、大変な失業者数である。当然、労働争議が頻発した。

不景気は農村にも及んだ。日本の農業は、富農が一握りで、大半は貧しい小作農である。

農村を襲った不景気を物語る有名な写真がある。新聞に載ったものだ。

「娘身売の場合は、当相談所へ御出下《おいで》さい。××村 相談所」

実際に、二千人を超す娘たちが、全国の農村で売られたのである。

陸軍幼年学校から士官学校へ進む生徒には、地方の農村出身者が多かったから、祖父の日記の言葉も、自然に激烈になってくる。

祖父の先祖は、土佐の商人から郷士になっているから、元々は武士でも支配層でもない。十代後半の祖父の日記には、政府や財界の人々への攻撃や批判が多くなっていった。

「昭和維新の歌」の通りだと、私は思った。

改めて、当時の若者たちが、この歌を口ずさんだ理由がわかってくる。

翻《ひるがえ》って、現代を見つめ直してみる。

今は、戦時中によく似ているという人がいる。

確かに、似て見える瞬間がある。特に、二〇二〇(令和二)年二月に新型コロナ問題が起こってからは、そっくりだと感じることがあった。日本は、全《すべ》てが緊張を欠き、わがままだった。

日本全体が巻き込まれた戦争中は、どうだったか。

「政党あって国家なし」

「陸軍あって国家なし」

「海軍あって国家なし」

同じ調子で、いくらでも続くのだ。日本全体の荒廃である。

現代はどうだろう。

とにかく、腹が立つことばかりである。

コロナ問題では、政治家や医者といった責任者、当事者があわてふためき、首相は壊れたレコードのように、「専門家の意見を尊重」と繰り返すばかり。事態はいっこうによくならない。

その専門家も、首相に向かっていうのは、こんなことばかり。

「問題はありますが、外国に比べれば、感染者も死者も少なく済んでいます」

もはや奇蹟《きせき》頼みである。誰も、責任を取るといわないのだ。

祖父が、ある事件に際して、日記に書いている。

「誰も、失敗の責任を取ろうとしない。結局、若者が血を流して、その穴埋めをすることになるのだ」

二〇二一（令和三）年六月一日、私は生まれて初めて、加納家の郷里、土佐高知に赴く。

東京は、その日に緊急事態宣言が解除されるはずだったが、既に政府は宣言の延長を決めている。

今回の期日は、六月二十日まで。

なぜ、この日までなのか。首相も分科会の医者もはっきり説明しないのに、国民全員が本当の理由を知っている。何とも奇妙な事態になっているのだ。

国会の討論でも、奇妙な事態が生まれていた。

野党議員が、まともな質問を首相にした。

「日本中に緊急事態宣言が出ても、東京オリンピック・パラリンピックは、やるんですか？」

それに対する首相の答は、こうだった。

「私は、国民の安全安心を第一に考えています。これからも全力を尽くして、国民の命と健康を守っていくのは当然であります」

「一日の死者が千人を超えたら、中止しますか？」

と、野党議員が質問を変えても、首相は同じ答を繰り返す。

「私は、国民の安全安心を第一に考えています。これからも全力を尽くして——」

「おかしいでしょう。どうして違う質問に、同じ答なんですか！」

これで場内騒然。だが、首相は機械的に同じ文言を繰り返すばかりだった。

国民はわかっているのだ。首相が同じ文言を繰り返すのは、どんな事態になろうと、東京オリンピック・パラリンピックは開催するつもりだからである。開催に条件をつけられると困るのだ。

腹が立つ毎日だから、私はテレビを消して、土佐高知へ行くことにした。

幸い高知には、緊急事態宣言は発出されていない。

いや、出されていても、私は行く気だった。

首相や知事は、なるべく出歩くなとか、人流がどうのとかいっているが、それなら、なぜ、新幹線や他の列車や飛行機を動かしているのか。乗客を乗せるためではないのか。

祖父の日記をスキャンして、スマホに取り込んでから、工場の土地を売り払ってえた、五億円の預金通帳をバッグの内ポケットにしまい、私は、土佐高知に向かうことにした。

出かける前から、準備していたものがある。「昭和維新の歌」の歌詞を、一番から十番まで、カードに印刷させたのだ。

私もすでに五十歳、人生の半ばを過ぎた。

死んだ兄の家族とは、きれいに財産を分けた。住んでいた家は、工場の敷地と一緒に売り払っている。もう東京に住む家はない。

私は、二十三歳で非業《ひごう》の死を遂げた、祖父の遺志を継ごうと決心したのだ。

もちろん、土佐藩の郷士だった加納誠市郎や、二・二六に参画した加納雄一郎のように、土佐勤王党に馳《は》せ参じたり、クーデターを起こしたりする気力は、私にはない。

私に出来るのは、平和そのものの令和の時代に、昭和が必要かどうか、昭和が意味を持つかどうか、それを調べ廻ることくらいだろう。

ほかにも、今回の土佐高知行に際して、作らせたものがある。

加納家の家紋を入れた、思いきり豪華な封筒である。この封筒には、ほかにも、いろいろと仕掛けがしてあった。

それから、加納誠市郎と雄一郎の言葉を入れた名刺である。二人の遺言になった言葉を印刷したのだ。

たとえば、祖父の雄一郎の日記にあった言葉を入れた。

「国民が我等を見放しても
我等は国民を見放したりしない」

これは、決起が失敗した後、日記に残した言葉である。祖父は、「国民」のところに、天皇という言葉を入れたかったのかもしれないが、日本国民は全て天皇の民という考えを持っていたから、結局、同じ意味だったともいえるだろう。

「土佐を変えなけりゃいけん」

これは、土佐藩の郷士だった加納誠市郎の言葉である。

今の令和の世相を見ると、令和と昭和の距離よりも、昭和と明治の距離の方が、私には遥《はる》かに近く感じられる。

私は、それを全く同じ距離にしたいと思った。どうして令和と昭和は、これほどかけ離れてしまったのか。私は、令和と昭和の距離を縮めたいのだ。

この二種類の名刺と、「昭和維新の歌」の歌詞を印刷したカード、それに豪華な封筒を鞄に入れて、私は、六月一日、高知に向かった。

私に出来るかどうかはわからない。が、令和の世を、昭和の眼で見たかったのだ。それも、土佐で見たかったのである。

5

新幹線で岡山へ行き、そこから土讃《どさん》線の特急「南風《なんぷう》」に乗り継いで、高知を目指した。

私は飛行機を好かないし、鉄道好きだった兄の夢を背負って土佐高知に行くのだから、時間がかかっても、鉄道で行きたいと考えたのだ。

高知には、緊急事態宣言は出されていないが、人々はきちんとマスクをして、どこか緊張した面持ちで行き交っていた。

私は、高知ロイヤルホテルにチェックインして、ホテル内のレストランで夕食を取ることにした。

レストランに隣り合った宴会場から、やたらに賑《にぎ》やかな声が聞こえてきた。高知は緊急事態宣言下ではないのだから、別にいいのかもしれないが、東京ではまず耳にすることがなくなった賑わいだ。

そういえば、ホテルの入口に、「郷土の誇り　黒田《くろだ》忠則《ただのり》先生　歓迎の夕《ゆうべ》」と書かれた紙が張り出されていたのを思い出した。

黒田忠則なら、一度会ったことがある。まだ工場をやっていた頃、経産省の副大臣として、蒲田に中小企業の視察に来たのだ。

口では、中小企業は日本の宝だといいながら、そそくさと視察を済ませて車に乗り込む姿に、白けたのを憶《おぼ》えている。

隣りのパーティーがうるさいので、私は夕食を切り上げ、ホテルの九階にあるバーで飲むことにした。

そこの寡黙《かもく》なバーテンと、ぽつりぽつり話していると、黒田が今は大臣になっていると教えられた。コロナ担当の経済復興大臣だという。まあ出世なのだろう。

バーを出たところで、一瞬、見覚えのある顔を、見かけた気がした。しかし、なにしろマスク姿だから、誰だったか、思い出すまでには至らなかった。

向こうも、すぐに顔をそむけるようにして行ってしまったから、勘違いだったのだろう。この高知に、私の知り合いは、いないのだ。

翌日、朝食を済ませると、私は、高知の鉄道に関心のあった亡兄のために、土佐くろしお鉄道のことを、少し調べてみることにした。

兄は、土佐くろしお鉄道を買い取れないかなあ、と夢を話していたのだ。おそらく、そんな形で、兄は土佐高知に帰りたかったのだろう。

JR四国の路線は、さすがに巨大すぎて買収は難しいが、第三セクターの土佐くろしお鉄道なら、ひょっとしたら買えるのではないか。それを調べることにしたのである。

土佐くろしお鉄道は、高知県の東側を走る阿佐《あさ》線（ごめん・なはり線）と、西側を走る中村・宿毛《すくも》線に分かれている。それだけに、ひょっとしたらどちらかだけでも買収できるのではないかと考えたのだ。

土佐くろしお鉄道の本社は、四万十《しまんと》市にあるが、阿佐線の安芸《あき》駅にも、事務所があった。

私は、高知駅から土佐くろしお鉄道に乗った。正確には、高知から後免駅まではJR土讃線で、そこから先が阿佐線である。

安芸駅で降りると、ホームの背後、小高くなったところに、土佐くろしお鉄道の安芸総合事務所があった。

そこに行くと、意外に歓迎された。突然やって来て、土佐くろしお鉄道を買いたいと私がいったので、面白がられたのかもしれない。

対応してくれたのは、田代《たしろ》という社員だった。田代は、まじめに会社の現状を話してくれた。

「先日の株主総会で、弊社の三月期決算が発表されています。それによると、二〇二〇年度の経常収支は、コロナ禍の影響もあり、六億六五九二万円の赤字になっていますね」

工場の敷地を売却して、私に入ったのは五億円である。兄の家族には、それより少し多い額が入っているが、これでは、買収は難しいかもしれない。赤字は、きっと毎年発生するのだ。

「その前年は、どうだったんですか？」

私がきくと、田代は、さらにまじめな顔になった。

「二〇一九年も、約五億円の経常赤字です」

と、いってから、田代は訊《たず》ねてきた。

「本当に、うちの会社をお買いになるんですか？」

「私が三菱を創業した岩崎彌太郎なら、買うんですがね」

私が、地元の偉人の名前を挙げると、田代は笑った。

「いや、岩崎さんでも、考えるでしょうね」

「しかし、補助金が出るでしょう？」

私が食い下がると、

「第三セクターなら出ますが、民間事業者には、補助金は出ませんよ」

と、とどめを刺された。

どうやら亡兄の名前を、土佐くろしお鉄道に残すのは無理なようだと、諦《あきら》めざるを得なかった。

親切に対応してくれた相手に礼をいい、土佐くろしお鉄道の時刻表をもらって、ホテルに戻ることにした。

時刻表を眺め、私はその日の夕方、高知発一六時五〇分の特急「あしずり九号」に乗ることにした。

特急「あしずり」は、JR四国の路線と、土佐くろしお鉄道の路線を、直通運転で走る列車である。高知から窪川《くぼかわ》まではJR土讃線を走り、窪川から宿毛までが、土佐くろしお鉄道になる。

途中の中村止まりがほとんどだが、私は、土佐くろしお鉄道の終着駅、宿毛まで行きたかった。宿毛行は、この「あしずり九号」だけだったのだ。

指定席が売り切れだったので、仕方なく自由席の切符を用意した私は、発車時刻に余裕を持って、高知駅に行った。

発車ホームで乗車位置に並んでいると、あの黒田大臣の一行と出くわしてしまったのである。

特急「あしずり」といっても、わずか二両編成である。地方に行くと、二両編成の特急に、よくお目にかかる。それも、ちょっと奇妙な編成が多い。

一号車の半分が指定席で、あとの半分は自由席。

二号車は全て自由席。

これが特急「あしずり九号」の編成である。

私は、終点の宿毛まで行く。黒田たちは一号車の指定席を借り切って、私と同じ宿毛まで行くらしい。指定席が売り切れだった理由が、そこでわかった。

後援会から酒の差し入れでもあったのか、出発前から賑やかである。最初、一号車に乗り込んだ私は、うるささに閉口して、二号車に逃げ出した。

列車が動き出すと、一号車から二号車に移ってくる乗客が増えてきた。私と同じ理由だろう。

私は腹が立ってきた。

祖父だったら、こんな時、どうするだろうかと考え、一号車の黒田たちの席に行った。見覚えのある黒田の顔があった。後援者や取り巻きに、おべんちゃらをいわれて、ご機嫌のようである。酒に酔って、顔が赤い。

「少し、お話ししたい」

と、私は、声をかけた。

「メディアの方ですか？」

傍にいる女性がきく。秘書だろうか。

「名刺を差し上げたい」

私は、「国民が我等を見放しても――」と刷られた名刺を渡した。表には、「加納雄一郎」という名前しか入っていない名刺である。

「加納さん？　何をしていらっしゃる方かな？」

と、黒田が、きく。

「令和の人間ではなく、昭和の人間です」

「それはそれは――」

黒田は、意味不明の言葉を口にする。

「今、国民はコロナと戦っています」

「そんなことはわかっている。私は担当大臣として、日々、最前線で戦っているんだ」

「では、この歌詞を読んでみてください」

私は、「昭和維新の歌」五番の歌詞を印刷したカードを、黒田に渡した。

「何だね、これは？」

「昭和維新の歌、といいます。国を愛していた私の祖父は、国と国民を大事にしない政治家を、射殺したことがあります。正当な怒りに任せてね」

と、最後は脅した。

しばらくして、列車が中村に着くと、私は、さっさと降りてしまった。予定変更になるが、これ以上、黒田と一緒は、ごめんだったからだ。

一八時四六分着である。

私の身体《からだ》には、少しばかり興奮が残っていた。怒ったせいか、腹が空《す》いたので、駅から少し歩いて、食堂に入った。

料理を待つ間に、私は自然に歌を口ずさんでいた。黒田に渡した「昭和維新の歌」五番である。

古びし死骸《むくろ》乗り越えて
雲漂揺《ひょうよう》の身は一つ
国を憂ひて立つからは
丈夫《ますらお》の歌なからめや

「はい、特製チャーハン」

主人が、チャーハンとスープを運んできた。大盛で、値段は安い。主人が、いった。

「お客さん、なんだか嬉《うれ》しそうですね」

6

一九時〇四分、特急「あしずり九号」は、終点の宿毛に到着した。

さすがに、周囲はもう暗くなっている。

黒田たちのグループを除く乗客は、どんどん降りていく。

肝心の黒田経済復興大臣は、差し入れの地酒に酔ったのか、座席にもたれて、寝てしまっている。

秘書の今西《いまにし》さくらは、手を洗って戻ってくると、

「先生、終点ですよ」

と、声をかけた。彼女は大臣秘書官ではなく、地元秘書なので、どうしても「大臣」ではなく、「先生」と呼んでしまう。

しかし、黒田は起きる気配がない。さくらは、

「ちょっと！」

と、大声で叫んだ。

「こっちに来て、肩を貸して！」

さくらの声に応じて、二人の若者が、急いで一号車に入ってきた。出迎えに来たスタッフである。

若者の一人が、

「大臣、酔っていらっしゃるんですか？」

と首をかしげると、さくらは困り顔になった。

「お酒が好きなくせに、弱くてねえ。迎えの車は？」

「駅前に来てますよ」

「じゃあ、そこまで二人で担《かつ》いで行って」

「あなたも大変ですねえ」

二人の若者は、両側から肩で担ぐようにして、黒田の身体を抱き上げた。

その時、一人が叫んだ。

「おかしいぞ。先生、息をしてない！」

さくらがあわてて、黒田の鼻孔のあたりに、手のひらを近づける。

次の瞬間、さくらは、

「救急車を呼んで！」

と、叫んでいた。

宿毛駅が騒然となった。

救急車が、なかなか来ない。

さくらが文句をいうと、

「コロナのせいです」

と、駅員が応えた。

医療体制、救急体制にしわ寄せが来ているのだという。

「病院は近いの？」

「救急病院なら、車で十二、三分です」

「だったら、迎えの車で運ぶ。さっさと乗せて」

黒田の両脇《りょうわき》を抱えるようにして、狭いエレベーターで、ホームから一階に降りた。

用意されていたベンツのリムジンに、ぐったりした黒田の身体を押し込み、さくらは、病院に向かうよう命じた。

十分で病院に到着。

連絡してあったので、救急入口で、病院スタッフが待っていた。

診察した当直の若い医師が、さくらに向かって、簡単に断定した。

「典型的な青酸中毒です。到着時、死亡しておられました」

「どういうことなの？」

さくらは呆然《ぼうぜん》としていた。事態が呑《の》み込めないのだ。

「とにかく、警察に知らせましょう」

と、当直医がいった。彼が一番冷静だった。

「自殺、他殺、どちらの可能性もありますから」

「どちらの可能性もないわ」

と、さくらは、いった。

副大臣から、念願の大臣に昇格したばかりなのだ。しかも、コロナ担当として脚光を浴び、これから経済の復興に当たろうとしているのだ。

そんな時に、野心家の黒田が、自殺なんかするはずがない。

殺人の可能性も考えられない。

確かに、コロナ担当の経済復興大臣として、最近よくテレビに顔を出しているが、やり手というわけでもないし、もともと人気があったわけでもない。たまたま首相の後ろ盾である元首相Sの派閥に属していて、Sから頼まれたのが登用の理由だと、周りの人間は、みんな知っているのだ。

それに、経済復興大臣として、目立った活躍をしているという感じでもない。

ブレーキとアクセルの踏み分けが危なっかしいという批判もある。

だからといって、黒田を殺そうとする人間がいるとは思えないのだ。そもそも大したことをやっていないのだから、殺されるような激烈な動機を生むはずがない。

さくらは、冷静に、黒田という男を観察していた。

病院から警察に連絡が行って、最初に所轄《しょかつ》署の刑事が、しばらく遅れて、県警本部から刑事と鑑識が到着した。

リーダーは、佐藤《さとう》というベテランの警部である。

佐藤は、医師の説明を聞いてから、さくらに訊ねた。

「黒田大臣は、ここ、宿毛のご出身でしたね」

「日本中がコロナの感染で揺れ動く中、先生はその陣頭指揮に立っていましたので、なかなか地元にも来られませんでした。昨日、高知に入って、ようやく今日、久しぶりに宿毛に帰ることにしていました」

「青酸カリを混ぜたビールを飲んだと思われます。あなたは、心当たりはありませんか？」

と、佐藤が、きく。

特急「あしずり九号」の二両の車両は、宿毛駅のホームに停められている。別の鑑識チームが派遣されて、現場検証が進められていた。黒田の座席の近くで、毒入りのビール缶が見つかっていたのだ。

「先生が『あしずり九号』で地元入りすることは、後援会の人たちには知らされていました。一号車の指定席を借り切っていましたので、車内でも、地元の方々にお会いすることになっていたんです。地元から待望の大臣誕生ということで、あとからあとから、地元の皆さんが挨拶《あいさつ》に見えました。ビールに青酸カリを入れた人がいるかどうか、とてもわかりません」

「あらかじめビールに青酸カリを仕込んでおいて、それを渡したのかもしれません。無理やり酒を勧めるような、変わった乗客もいたんじゃありませんか？」

「そういえば、中村で降りて行ったようですが、ちょっと変わった方がいました。五十歳くらいの男の人で、名刺を預かっています」

さくらは、バッグから受け取った名刺を取り出して、佐藤に渡した。

「国民が我等を見放しても、我等は国民を見放したりしない。加納雄一郎――何ですか、これは？」

佐藤は、首をひねった。

「私にもわかりません」

「この加納雄一郎という人は、住所も電話番号も書いていないが、黒田大臣のお知り合い？」

「知りません。初めてお会いした方ではないでしょうか」

そういって、さくらは、一枚のカードを、佐藤に渡す。

「こっちは、歌の文句ですか」

佐藤が、歌詞を呟《つぶや》いた。

古びし死骸乗り越えて
雲漂揺の身は一つ
国を憂ひて立つからは
丈夫の歌なからめや

「ずいぶん古めかしいな」

と、佐藤は、顔をしかめた。

彼も時々カラオケを歌うが、こんな歌は唄《うた》ったことがない。軍歌よりも、さらに古い感じがする。ふと、旧仮名遣いという言葉を思い出した。

だが、二、三回、繰り返し呟いていると、意外になめらかに、頭の中に入ってくるのを感じた。

不思議な感覚だった。

（変な歌だな）

と思ったが、ここから容疑者の顔は浮かんでこない。

名刺に書かれた「国民が我等を見放しても――」という文句も、古めかしいのに、なぜか、どこか懐かしい匂いがする。それが不思議だった。

（この懐かしい匂い。何の匂いだろうか）

佐藤は首をかしげて、改めてさくらに訊ねた。

「この名刺と歌詞カードを渡した男ですが、中村で降りたことは間違いないんですね？」

「はい。中村駅のホームに降りて行くのを見ましたから。気になったので、注意していたんです」

「その男が、黒田大臣を脅しているような感じはありませんでしたか？」

「そんな感じはありません。気合を入れているような、号令をかけるような感じはしましたけど」

さくらの言葉に、佐藤は、再び歌詞に眼を遣《や》った。確かに、自分に気合を入れるような、号令をかけるような感じの歌詞でもある。

「ところで、ＳＰは、どこにいるんでしょうか。大臣には、ＳＰがついているはずですがね」

と、佐藤が、いった。

さくらが、具合がわるそうな顔で答える。

「じつは、『あしずり九号』に乗る直前になって、SPが発熱していることがわかったんです。それで急遽《きゅうきょ》隔離して、念のため、PCR検査を受けることになりました」

「それは……」

と、佐藤は言葉を失った。

さくらが声を潜めて、

「代わりのSPは、明日、こちらに着くことになっていました。でも、絶対に秘密にしてくださいよ。コロナ担当大臣が濃厚接触者だったなんて、冗談にもなりませんから」

と、いった。

高知が生んだ注目の大臣の急死である。警察に少し遅れて、マスコミが宿毛に押しかけてきた。

深夜になって、宿毛警察署で記者会見がおこなわれた。対応に当たったのは、高知県警の捜査一課長である。

「突然の事件なので、あらゆる可能性を考えて、調べを進めています。現在のところ、容疑者は全く浮上していません」

と、一課長が発表した。

「なお、遺体は、司法解剖のため、南国《なんごく》市内の大学病院に搬送されています」

「犯人の手掛かりは、全くなしということですか？」

と、記者が問い詰める。

一課長と佐藤警部は、事前に相談して、奇妙な名刺と歌詞カードについては、発表しないことに決めていた。

事件との関係が、わからなかったからである。

（変な事件だな）

と、佐藤は、ずっと感じている。

（黒田忠則は軽量大臣だ。コロナ禍が生んだ即製大臣といってもいい。そんな軽く見られている男を、誰が何のために殺したのだろう？）

それに加えて、名刺の文句や歌詞がある。

（古めかしいくせに、妙に懐かしい。あれは一体、誰が、何のために残していったのか）

第二章「一つの謎《なぞ》と一つの事件」

1

朝の閣議は、ぎくしゃくした空気だった。
特に、首相は、不機嫌だった。
今朝の閣議で、緊急事態宣言の解除に見通しをつけるつもりだったのだ。
新型コロナ問題は、沖縄と北海道を除けば、全国的に感染率は順調に下がっている。
少なくとも、彼の眼には、そう見えている。

特に、危機的状況にあった大阪の医療態勢が改善され、問題の東京も、ゆっくりとだが、確実に毎日の感染率は下がっていた。

医者は、宣言解除に慎重だが、これは毎度のことである。

首相は、今日の閣議で解除を決め、来週の声明で、東京オリンピック・パラリンピック開催に、一挙に世論を持っていきたかったのだ。

ところが、四国の端で起きた事件が、それに水を差した。

高知県警からの報告では、殺人事件だという。

被害者は二ヵ月前に自分が任命したコロナ担当経済復興大臣の、黒田忠則だった。

首相を一番怒らせたのは、黒田が、列車の中で泥酔《でいすい》していたらしいとの報告だった。

黒田は、これといった実績のない政治家だった。取柄といえば、声が大きく、国会でのヤジが目立つくらいと見られていた。

首相も、将来有望と思っていたわけではない。

ただ、黒田は、保守党最大の派閥に属していた。

その派閥のリーダーは、元首相のSである。

どの派閥にも属していない、現首相の神木《かみき》は、Sの支えなしには、首相の地位を保つことが難しい。自分に人気がないことは、自認していた。

そのSが、なぜか黒田を可愛《かわい》がっていた。

「そろそろ、黒田に大臣の肩書をつけてやってくれないか。今のままだと、次の選挙が危ないんだ」

と、Sに頼まれ、コロナ担当経済復興大臣にしたのだが、気がつくと、コロナに関係する大臣が、四人になっていた。

それだけに、黒田が初の大臣就任で張り切っていると聞いた時も、期待よりも、張り切りすぎて何かやらかすのではないかと、神木は不安だったのだ。

そして、今日の事件である。

神木首相は、黒田が死んだことよりも、特急「あしずり九号」の車内で、彼が泥酔していたことを重く見ていた。それで、不機嫌になっていたのだ。

コロナ問題で国民に自粛を呼びかけながら、高級官僚たちが銀座や六本木で深夜まで飲んでいたと、何度も報じられてきた。

特に、R省の高級官僚たちが、銀座のクラブで饗応《きょうおう》を受けていたことが発覚した時には、何回もマスコミの前で、頭を下げさせられている。R省は、神木が首相になる前に、七年間も大臣を務めていた官庁だったからだ。

だから、高知の宿毛で、事件が起きたと聞いた時も、最初に気にしたのは、殺された黒田が泥酔していたことだった。

首相は、庶民的で頭《ず》も低いといわれていたが、そのじつ、自分ほど気位の高い者はいないと自覚している。

酔っぱらった末に、酒の席での喧嘩《けんか》で死んだともなれば、またテレビカメラの前で、頭を下げなければならないのだ。

そんな首相の顔色を見て、東京オリンピック・パラリンピックの担当大臣に決まった女性政治家が、

「東京オリ・パラ開催には、いろいろと批判もありますが、国民はオリンピックをやりたいんですよ。我慢を重ねている国民の気持を、パッと発散させるにはスポーツが一番です。スケジュール通り、絶対に東京オリ・パラを開催すると、総理が号令をかけてくだされば、反対する者はおりません。これは約束できます」

と、いった。

首相は、やっと笑顔になった。

「その通りだ。医学的に対処できても、精神が負けていては、コロナに勝てない。だから、東京オリンピック・パラリンピックは必要なんだ。そのため、来週初めに、まず緊急事態宣言を解除し、同時に、東京オリンピック・パラリンピックを予定通り開

催すると宣言する。そのつもりでいてほしい」

それに対して、異論を口にする大臣は、ひとりもいなかった。

来週初めの緊急事態宣言解除と、東京オリンピック・パラリンピックの開催宣言を決めたことで、各大臣も気楽になったのだろう。閣議は、一九六四年の東京オリンピックの思い出話になっていった。首相を始め、あの祭典の時は、みな感動しやすい年代だったのだ。

女子バレーボールの「東洋の魔女」の話が出てきて、それが柔道の話になり、マラソン銅メダルの話になった。

そんな懐《なつ》かしい話の途中で、突然、厚労大臣が、

「それにしても、新型コロナ分科会のT医師には困ったものだ。先日も、コロナ禍の中でのオリンピックは中止すべきだなどと、記者会見でぶち上げていましたからね」

と、いいだした。

他の大臣たちが、一斉に首相を見た。首相が、また不機嫌になるのではないかと心配したのだ。

だが、首相は、なぜか笑った。

「私はね、T医師というのは、一種の道化だと思っている。一見、政府を批判してい

るように見えるが、あの男なりのやり方で、私たちの政策を推し進めてくれているんだ」

「そうは、見えませんが」

「T医師の言葉を冷静に聞いてみるといい。彼は、こんなコロナ禍の時に、オリンピックは中止が当然だという。しかし、すぐに続けて、こういうんだ。『開催するなら、無観客がいい』とね。さらに、『無観客が厳しいというなら、人数を定員の五〇パーセントにしてもらいたい』、『五〇パーセントが難しければ、海外の関係者を半分にしてもらいたい』、『それが無理なら――』と続くんだ。つまり、結果的に、我々の主張や政策を、変わった形で後押ししてくれているんだよ。だから私は、彼を道化と呼んでいるんだ」

そういって、首相が閣議室を見回すと、大臣たちが口々にいった。

「なるほど」

「そこまで気が付かなかったな」

「それを聞いて、安心しました。総理は、さすがに人間をよく見ておられます」

急になごやかな空気に変わって、閣議は終了した。

五輪担当大臣が何か相談しようと話しかけてくるのを、首相は避けるようにして、秘書官の佐々木《ささき》を探していた。

姿を見つけるや、

「黒田の事件は、どうなっているんだ？」

と、きいた。

「高知県警が捜査本部を設置して、本格的な捜査に着手したようで――」

佐々木が続けようとするのを、首相は手で制した。

「細かいことはいい。泥酔の件は、どうなんだ？」

「黒田大臣の就任を祝う地元後援者が、列車に多く乗り込んでいて、次々に杯をかかげ、大臣はそれを喜んで受けていたようです」

「やっぱり、泥酔していたのか？」

「総理のご心配を県警に伝えておきましたから、マスコミの関心を、そこに引かないようにしているはずです。それに、土佐の人間は、何かというと大酒を飲みますから、マスコミも、酒に関しては、うるさくいわないようです」

「とにかく、大酒とか泥酔という言葉は、禁句だ」

と、首相は、念を押した。

黒田大臣の任命権者は、自分である。とはいえ、好きこのんで任命したわけでもないのに、その男の不始末で頭を下げるのは、真っ平なのだ。

「祝い酒を受けることに、土佐高知の人は抵抗感がないようですから、そこは問題視されないでしょう。マスコミの関心は、コロナ担当大臣が、何者かに毒物を飲まされたという事実に集中すると思います」

「犯人は、政府のコロナ対策に反対の人間だ。そうに決まっている」

と、首相が断じた。が、すぐに不安を隠し切れずに、いう。

「来週初めに緊急事態宣言を解除して、東京オリンピック・パラリンピック開催に、国論を持って行きたいんだ。そんな時に、どんな小さな邪魔も、あって欲しくないのだよ」

「わかっております」

「安心しきれない。君もすぐに高知へ行って、間近で様子を見てきてくれ」

首相は、最後に佐々木に、そう命じた。

2

宿毛警察署に捜査本部が置かれて、本格的な捜査が始まった。

事件の現場は、特急「あしずり九号」である。

事件現場で捜査に当たったのは、県警捜査一課の佐藤警部たち、十五人である。

被害者の黒田忠則は、久しぶりに郷土が生んだ大臣だった。

だから、帰郷した一日目は、高知市内のホテルで盛大な祝宴が開かれた。

翌日、生まれ故郷の宿毛に向かう特急「あしずり九号」の車内でも、次から次へと祝い客が押しかけ、土佐人らしく、杯が重ねられた。

その中に、青酸カリ入りの酒を飲ませた犯人がいたのだ。

しかし、押しかけた客の誰が犯人なのか、手掛かりになるものは、見つからなかった。

車掌は首を横に振り、黒田の地元秘書も、怪しい人間は記憶にないと否定した。

どの客も、同じように飲んでいたという。犯人の姿は、自然にぼやけてしまう。

その上、「酒のことは問題にするな」という言葉が、伝わってきた。どこの誰がいっているのか、はっきりしないのだが、「捜査に当たって、頭に入れておくように」という言葉が添えられていた。

誰が何のためにいったのか明らかでないのに、「首相の指示らしい」ことが、不思議に伝わってきた。

それだけでも、捜査の邪魔になる言葉である。

その中で、佐藤警部が注目したのは、黒田大臣の女性秘書が預かっていた奇妙な歌詞カードと、名刺だった。

五十歳くらいに見える男が、列車に乗ってきて、酒も飲まずに、まじめに話してから、歌詞を印刷したカードと名刺を、渡して行ったというのである。

佐藤が初めて眼にする歌詞であり、名刺の名前だった。

古めかしいが勇ましい歌の方は、昭和の時代に流行《はや》ったもので、「昭和維新の歌」と呼ばれていたことがわかった。

加納雄一郎の名前の方は、時間を要した。しかし、「昭和維新の歌」との関係から、日本の歴史上、最大のクーデターといわれる二・二六事件の参加者ではないかとわかってきた。

当時二十三歳の陸軍中尉《ちゅうい》が、同姓同名である。彼は死刑になっていた。

もちろん、佐藤も、二・二六のクーデターは知っていたが、実感はない。まず、大臣などを射殺するという行為自体が、理解できないのだ。

この名刺を黒田大臣に渡した男が何者なのか、なぜ歌詞と名刺を残して行ったのか、その理由もわからない。

殺人事件と関係があるのかどうかも、現時点ではわからなかった。

男は、途中の中村駅で降りたらしいが、その足取りを調べていくと、中村の旅館に泊まったことが見えてきた。

旅館は新土佐館という。加納駿次郎という男が、昨日、予約なしに現れて、一泊している。

年恰好《かっこう》からも、加納という名字からも、この男にまちがいないと思われた。しかし、男は、今日の朝食の後、宿毛へ行くといって、旅館を発《た》ってしまっていた。

そこで、今度は宿毛のホテル、旅館、民宿を当たってみると、宿毛荘という旅館に、同じ名前の男が宿をとっているという返事があった。

佐藤は、若手の小田島《おだじま》刑事を連れて、会いに行った。

加納駿次郎は、宿毛の町を散策して、宿に帰ってきたところだという。

「昨日、『あしずり九号』に乗られてましたね？」

と、佐藤が、きいた。

「ええ。高知から乗りました」

と、加納は答える。眼つきが鋭い男だと、佐藤は思った。

お互いに大きなマスクをしての会話だから、表情はわからず、わかるのは眼つきだけである。

「行先は、最初から、中村だったんですか？」

佐藤が尋ねると、加納は一瞬うなって間《ま》を置いてから、いった。

「最初は、ここ、宿毛まで来るつもりでした」

「しかし、中村で降りてしまいましたね。どうしてです？」

「同じ列車に、黒田コロナ担当大臣の一行が乗ってきましてね。郷土の英雄とかいって、後援会の人たちと一緒に、大騒ぎを始めました。腹が立ったので、途中の中村で降りてしまったんです」

「中村で、新土佐館に泊まっていますね？」

「ええ。初めての町だから、目についたところに泊まりました」

「駅で降りて、しばらくしてからチェックインしていますが？」

「お腹《なか》が空《す》いたので、近くの中華食堂に入りました。旅館の夕食には、間に合わないだろうとも思いましたからね。正解でしたよ」

佐藤は、中華食堂の場所と名前を確認してから、加納の眼を見て、きいた。

「特急『あしずり九号』の車内で、その黒田大臣が青酸中毒死したことは、ご存じですね？」

「今日の朝食の時、テレビのニュースで知りました。新聞には、まだ出ていませんでしたね。しかし、私とは関係ありませんよ。昔からの知り合いでも何でもないですから」

「特急『あしずり九号』が、中村駅を出発した時、黒田大臣は生存していた。その時には、あなたは中華食堂にいたというのですね？」

「そういうことになりそうですね。食堂のおやじさんと少し話しましたから、確認してもらえれば、憶《おぼ》えていると思いますよ」

「そうであれば、あなたは犯人でないことになります」

「それは、よかった」

「ところで、黒田大臣の女性秘書が、変わったものを持っていました。あなたと思われる男から、受け取ったというのです」

佐藤は、「昭和維新の歌」の歌詞を印刷したカードと、加納雄一郎の名刺を、相手に見せた。

「あなたが黒田大臣に渡したものに、間違いありませんね？」

「間違いありませんよ」

「なぜ、この二つを、黒田大臣に渡したのですか？　正直に、いってほしいんです」

「コロナ禍の中で、日本国民が必死で戦っているのに、コロナ担当大臣が後援会の人たちと酒を飲みながら大騒ぎしている。それに腹が立ちましてね。といっても、ぶん殴るわけにもいかないので、その二枚を渡したんです」

「一枚は、『昭和維新の歌』の五番を書いたもの。もう一枚の名刺の方には、『国民が我等を見放しても、我等は国民を見放したりしない』という言葉と、加納雄一郎の名前があります。この加納雄一郎というのは、二・二六で死んだ陸軍中尉ですね。年齢から見て、あなたの祖父に当たるのではありませんか？」

「わかっていただければ、ありがたい」

「なぜ、この二枚を？」

「私は、五十歳を迎えて、いろいろと考えることが多くなりましてね。中でも、今の時代の若者が、なぜこんなにも怠惰で、無思考なのか、不思議でならなかったのです。怒りをぶつけたいことが、社会にも、政界にも、身の廻りにも無数にあるのに、なぜ彼らは怒らないのか。翻《ひるがえ》って、昭和の初めに生きた私の祖父たちは、大いに悩み、考え、怒り、そしてその怒りをぶつけていったのです。社会の誤りを許せず、体当たりしていった。二・二六で見せた、あのクーデターを起こした祖父たちの生真面目《きまじめ》さを、なぜ今の若者たちは失ってしまったのか。それが何とも無念でした。といって、私にも、祖父のようにクーデターを起こす勇気はありません。それで、せめて祖父が日記に書き残した言葉や、昭和の若者たちが愛唱した歌詞を書いて、ひとに渡すことにしたのです」

「しかし、二・二六や『昭和維新の歌』を、今の若者が理解できるでしょうかね？」

佐藤が問いかけると、加納は、また一瞬考えてから、答えた。

「正直にいえば、わかりません。『昭和維新の歌』は、古い言葉も多いし、私も最初はピンと来ませんでした。それでも、何度も口ずさんでいると、それを唄《うた》っていた昭和の若者たちの気持が、なんとなくわかってくるような気になるんです」

「だから、それを他の日本人にも、わかってもらいたいというのですか？」

「本当の私の気持をいえば、令和の若者たちにも、自分たちの願いや怒りを籠《こ》めた『令和維新の歌』を作って、唄ってもらいたいのです。しかし、令和の若者たちには、その時間も、気概もないと思います。だから、『昭和維新の歌』の一節や、二・二六で死んだ祖父の日記の言葉を、カードや名刺に書いて、渡すことにしました」

「これからも渡して廻るつもりですか？ 続けていくのですか？」

最後に、佐藤が、きいた。

「そのつもりです」

と、加納がいった。

3

「事件に関係して、これ以上、うかがうことはありません」

と、佐藤は微笑して、いった。

「これから、どちらに行かれるつもりですか？」

「この先に、沖《おき》の島《しま》という景色のいいところがあると聞いているので、行ってみたいと思っています」

と、加納が、いう。

「不思議な方ですね」

佐藤は、じっと加納を見た。

「どうしてです？」

「加納さんは、高知は初めてなんですか？」

「そうです。先祖は高知なんですが、私自身は東京の人間で、今回初めて高知に来ました」

「それなら普通は、高知の町並みとか、桂浜《かつらはま》や足摺岬《あしずりみさき》とか、四万十川を見に行くものではないですか」

「高知の町も少し歩きましたよ。私は、坂本龍馬の『日本を洗濯したい』という言葉も好きなので、龍馬のゆかりの場所にも行きたいですね。中村では、神社も見てきました」

「それにしても、沖の島というのは珍しい。まさか、日本海の隠岐島《おきのしま》のつもりじゃないでしょうね」

「いや、宿毛湾の先にある沖の島です」

「沖の島に、あなたを引きつけるものが、何かあるんですか？」

「これです」

加納は、ポケットから、折りたたんだ日本画のコピーを取り出した。

佐藤が広げる。

江戸時代の鰹《かつお》の一本釣りの絵だった。和船の上で、二十人ほどの漁師たちが、長い竿《さお》を操って、鰹を釣り上げている。釣り人と、餌《えき》を撒《ま》く人とに分かれている。今と同じ形だった。

「その絵を手に入れたので、ぜひ、沖の島に行って、江戸時代の鰹釣りの話を聞きたいと思っているのです」

「沖の島で、鰹釣りが行われていたんですか？」

「いや、土佐湾全体で行われていました。鰹は回遊するので、冬は室戸《むろと》沖、春は足摺岬の西の沖の島周辺で、鰹釣りをしていたといわれています」

「例のよさこい節、『いうたちいかんちゃ、おらんくの池にゃ、潮吹く魚がおよぎよる』があるので、私は捕鯨を考えてしまうんですが」

佐藤は、乏しい知識をひねり出しながら、加納と、おしゃべりを始めた。

「捕鯨も、まちがいなく盛んでした。当時の藩主、長宗我部元親《もとちか》が、鯨一頭をそのまま、豊臣秀吉《とよとみひでよし》に贈ったという記録があります。しかし、産業として儲《もう》かるのは、鰹漁の方でした。獲《と》れた鰹は、大部分は鰹節に加工され、江戸時代は、贈答品として喜ばれたようです。日本全体の鰹節の優劣が競われたことがあって、その時の記録によると、三等が薩摩《さつま》産でした。一等、二等は土佐物だったようです」

「よく知っていますね」

「全《すべ》て、本で読んだ知識です。それで、今回、沖の島に行って、当時の土佐の鰹漁や捕鯨について、話を聞きたいのです」

「それは、何のためなんです？」

「五十歳になって、初めて土佐人になります。そのための知識です」

と、加納は、いった。

佐藤警部と小田島刑事は、加納と別れて、宿毛署の捜査本部に戻った。

小田島が、二人分のコーヒーを持ってきて、いう。

「警部が、土佐の捕鯨と鰹漁に興味があるとは、意外でした」

「私は、川釣りにも海釣りにも、興味はないよ」

「それでも、あんな話を続けたということは、まだ加納を疑っておられるんですか？」

「ああ、疑っている」

「しかし、加納には、アリバイがありますよ」

小田島が不思議そうな顔をするのに、佐藤は、いった。

「アリバイはある。だが、彼は、二・二六で死んだ祖父のように生きたい、と望んでいるんだ。その上、『昭和維新の歌』が好きだといっている。二・二六でクーデターを起こした皇道派の将校たちは、問答無用で、大臣や老将軍を殺しているんだ」

「しかし、加納は、それを実行する気はないと思います。威勢のいいことを、平気でいっているのは、実行にまで行かない証拠ではないですか」

「君は、加納に同情的だな」

「今の社会を見ていると、やはり、腹が立ちますよ。政府のコロナ対応や、官僚や政治家が銀座や六本木で遊んでいるのを見ていますからね。しかし、加納がいうように、相手をぶん殴るだけの勇気はない。だからこそ、加納の言葉に共感を覚えるんです。自分に代わって、怒ってくれているような気がするんです」

「君は、『昭和維新の歌』は、どうだ？」

佐藤がきくと、二十五歳の小田島刑事は、ニヤッとした。

「今度の事件で、どんな歌か、興味を持ちました。いろいろ探してみて、歌詞を見つけましたが、どうも変な歌だと思いましたよ」

「歌詞が古臭くて、よくわからなかったからか」

「それもありますが、やたらに自分を叱咤《しった》激励していることに、最初は笑っちゃいました。混濁の世に立ち上がれとか、古い死骸《むくろ》を乗り越えろとか、人生意気に感じろとか、これじゃあ疲れちゃうと思ったんです」

「それで――」

と、佐藤は、先を促した。若い小田島の感じ方を聞いてみたかったのだ。

「それがですね、少し反省しました」

「どんな反省だ？」

「そういえば、自分を叱咤激励することがなくなったな、と思ったんです。ただ黙って見ているだけ、自分が楽しむだけなんです」

「自分を叱咤激励したくなったのか」

「そうしようと思っているところです」

「それならすぐにやってくれ。加納を尾行して、沖の島へ行き、彼が本当に鰹漁について調べるかどうか、確かめて来てくれ」

「わかりました。警部は、どうされるんですか？」

「加納は、中村で、神社などを見て廻ったといっている。それが事実かどうか調べてくる」

4

室町時代、応仁《おうにん》・文明の乱で追われた公卿《くぎょう》たちが、相次いで京都を去った。その一人、一条教房《いちじょうのりふさ》は、母を連れて、奈良、兵庫と逃げた末に、一四六八（応仁二）年、土佐の幡多荘《はたのしょう》という荘園に移った。

一条教房が、ここに落ち着いたのは、広大な荘園から産出される木材によって、この地が経済的に豊かだったからである。

教房たちは、幡多荘の中心だった中村に居を構えた。現在の高知県四万十市である。教房に従って来た家臣や親戚《しんせき》、縁者なども住み着き、次第に大きな町になっていった。教房の住む邸宅は、「中村舘《やかた》」、「幡多御所」と呼ばれるようになった。

教房は、京都の本家との連絡を絶やさず、周辺の土地の有力者とも縁を結んでいった。国人《こくじん》の娘を後妻に迎えたりして、支配地区を広げていった。これは公卿の大名化と呼ばれる。

かくして、教房の子息、孫の時代と下るにつれ、幡多の周辺に勢力を広げていく。

しかし、やはり京都への望郷の念も強く、それを示す地名や寺院などが、今も多く残されている。

中村館のあった中村は、碁盤の目の街並みである。大文字の送り火、石見寺《いわみ》、一條神社、藤《ふじ》祭り、鴨川《かもがわ》、一條大祭、不破八幡宮《ふばはちまんぐう》と、京都を思わせるものが数多い。「小京都」と呼ばれるのも、うなずける。

佐藤は、不破八幡宮に向かってみた。

旧暦七月十四日が御輿《みこし》洗いで、秋には大祭があり、例年は宵宮《よいみや》や流鏑馬《やぶさめ》も行なわれるという。

佐藤は社務所に行き、加納駿次郎の写真を見せた。そこにいた一人が、彼のことを憶えていた。

コロナ禍で観光客や参拝客が少ないのと、加納が自分で、五十歳になって初めて、故郷の高知にやって来たといったので、印象に残ったらしい。

「絵馬を奉納していかれました」

と、教えてくれた。

飾られた絵馬は多くなかった。それも縁結び祈願のものばかりだったので、加納の絵馬は、すぐに見つかった。

筆で、願い事が書き込まれていた。

「祈
我が望む昭和の日本に戻ることを
昭和を愛する男」

名前は書かれていないが、加納が書いた絵馬であることは、間違いないだろう。

佐藤は、土佐一条氏五代の霊を祀《まつ》る一條神社にも寄ってみた。中村の中心部、天神橋商店街のアーケードを見下ろすように建っていた。

ここは、京都の下鴨神社に似せて造られ、毎年十一月には、京都下鴨神社から頂いた御神火で灯《とも》した提灯《ちょうちん》行列が、三日間にわたって行なわれる。

加納は、ここでも絵馬を残していた。

ここで書き残されていたのは、「昭和維新の歌」の一節だった。この神社の絵馬は、合格祈願のものばかりだから、これが、加納が書いたものと思われた。

「ああ人栄え国亡《ほろ》ぶ
盲《めしい》たる民 世に踊る

昭和の民の一人」


佐藤は、どちらの絵馬も、スマホで写真に収めて、小田島に送った。

何となく、重い気分になっていた。

夜になって、小田島刑事から連絡が入った。

「今、沖の島の民宿にいます」

「加納は、どうしている？」

「彼が口にした通り、沖の島の漁師の家を、訪ねて廻っています。そして、四軒目の民宿に泊まることにしたようです」

「加納は、漁師とどんな話をしているんだ？」

「それが、わからないんです」

「なぜ、わからないんだ？」

「加納が訪ねた漁師の家に行って、どんな話になったか聞いたんですが、口止めされたらしくて、話してくれないんですよ。どうやって口止めされたのかも、わかりません」

「江戸時代の捕鯨や鰹漁の話を聞きに行ったはずだな？」

「そうなんです。でも、それだけなら、口止めする必要はありません」

佐藤にも、加納がどんな話を聞いて廻っているのか、見当がつかなかった。

「それで、今、加納は民宿に泊まっているんだな？」

「そうです」

「明日、帰るのか？」

「そう思います。大きな島ではありませんからね。一日二便ある定期船で、宿毛に戻るんでしょう」

「それなら、宿毛に戻ったところで、足止めするんだ。もう一度、話がしたい。私は明日、宿毛の捜査本部にいるから、任意同行を求めて、絶対に連れて来い」

加納の絵馬を見て歩くにつれて、佐藤は、わけのわからない不安を覚えていた。

加納駿次郎という男が、わかったと思う瞬間もあったのだが、今は、わからなくなっているのだ。

「単純な懐古趣味の五十男」と思った瞬間があった。刑事として、そんな男には、何人も会っていた。古い感傷的な昭和の歌を、よく口ずさみ、若い世代の人間に対して、二言目には「今の若者は礼儀知らずで頼りない」と文句をいう、そんな男たちだ。

「明日の日本が心配だ」とも、よく口にする。そんな男たちは、佐藤から見ると、

「お前さんこそ、言葉だけで頼りなくて、明日の日本が心配だ」と、いいたくなるのだ。

加納は、そんな男たちとは違うと、佐藤は思っていた。

佐藤が、加納と会って最初に感じたのは、その強い意志だった。

彼は、「日本を洗濯したい」という坂本龍馬の言葉を口にしたが、その言葉を借りたというよりも、加納自身の言葉のような気がしたのだ。

だから、会話していても、乱れはなかった。

（危険な男かもしれないが、その言葉に嘘《うそ》はない。卑怯《ひきょう》な真似《まね》はしないだろう）

と、佐藤は思っていた。

それが、沖の島の漁師を訪ねて、何の話をしているのか。なぜ口止めまでしているのか。

それを問いただそうと、佐藤は身構えていた。宿毛署の宿泊所に泊まり、翌日は捜査本部で、小田島刑事と加納を待ち受けるつもりである。

その小田島が、突然、電話をかけてきた。朝の八時半過ぎだった。

「加納が、いなくなりました」

と、電話口で叫んだのだ。

「いないとは、どういうことなんだ？」

「沖の島と宿毛を結ぶ定期船は、沖の島で、南北二ヵ所の港に寄港します。加納が泊まった民宿に近いのは、北の港ですから、そこで待ち構えていたのですが、船が着いても、加納が現れません。南の港は、既に経由して来ていますから、仮にそちらから乗ったとしても、船内にいるはずです。しかし、船にも、加納がいないんです」

「民宿に連絡してみたのか？」

「電話してみましたが、どうも要領を得ません」

「急いで、民宿に行ってみるんだ。また報告してくれ」

佐藤は、じりじりしながら、小田島の報告を待った。十五分ほどで、佐藤のスマホが振動した。

「どうだ？」

「この民宿の持ち船で、夜明け前に島を抜け出していました」

小田島の声が沈んでいる。

「どこに行ったのか、なぜそんなことをしたのか、民宿のオーナーに聞いてみたか？」

「オーナーの息子が、加納に頼まれて、遊漁船を出したようです。オーナーは行き先を知りません」

「その遊漁船と、連絡は取れないのか？」

「オーナーから連絡を取ってもらったんですが、船を動かしている息子が、電話に出ないというのです」

「君は今、どこだ？」

「民宿です」

「もたもたしてないで、すぐに捜査本部に戻ってこい。加納はもう沖の島にはいないんだ」

「すみません。定期船は、午後までないんです」

「釣り船でも何でもチャーターして、戻ってくるんだ」

と、佐藤は、若い刑事を叱《しか》りつけた。

しかし、小田島が戻ってくると、怒鳴りつけるわけにもいかなかった。

後手に回ったのは、小田島というより佐藤であり、高知県警だったからである。

沖の島から近い各地の港や漁港に問い合わせていたが、手掛かりは得られていなかった。小型の遊漁船なら、どこの桟橋にでも停泊できるだろう。

冷静に考えれば、加納という男は、二・二六に参加した祖父の日記の言葉や、彼が愛唱していた「昭和維新の歌」の歌詞を、黒田大臣に渡す時も、堂々と正面から渡している。つまり、気に入らない人間に対しても、堂々と正対しているのだ。

もしも加納が、クーデターを実行した祖父のように、クーデターや殺人を考えたとしても、あの男なら、いきなりそんな凶行には出ないだろう。

堂々と宣言してから、実行に移すに違いない。佐藤は、そう考えていたのである。

その確信が、少しばかり、ゆらいで来たのだ。

翌日になっても、加納の行方はわからないままだった。

佐藤が、沖の島の民宿のオーナーに問い合わせると、相手は呑気《のんき》に、

「息子も船も、帰って来ないんですよ。海上からの四国遊覧でも、楽しんでいるんじゃありませんか」

と、いっている。四国遊覧とは、かなりの大型船なのか。

「そんな約束で、船を出したんですか？」

「そうじゃないが、こっちもコロナのせいで、すっかり仕事がないんですよ。釣り客もダイビングも、ましてや遊覧もね。だから、どんな仕事でも、あれば大助かりでね。一週間でも一ヵ月でも、大歓迎ですよ」

「どこに行ったのかも、わからないんですか？」

「あのお客さんは、坂本龍馬の話をしてたから、長崎へ行ったのかもしれん。龍馬は脱藩したあと、長崎へ逃げて、例の亀山《かめやま》社中を立ち上げているからね」

オーナーは相変わらず呑気だが、佐藤には、どんな手掛かりも必要である。

「坂本龍馬の話をしていたんですね？」

「なんでも、あのお客さんのご先祖が、龍馬と同じ土佐勤王党に入っていたそうです。それで藩主に睨《にら》まれて、脱藩して逃げようとしたといってました。中岡慎太郎や龍馬は、脱出に成功したが、お客さんのご先祖は、捕まって斬首《ざんしゅ》されたとか、いっていたねえ」

「口惜《くや》しそうに、話していましたか？」

「そりゃあね。同じ土佐勤王党の龍馬が、華やかな活躍をしたのに、こっちは捕まって斬首だから」

「とにかく、息子さんから連絡があったら、すぐに知らせてください」

電話を切ったあと、佐藤は、土佐勤王党や龍馬について調べてみた。

佐藤も、高知の生まれ育ちだが、それでも、龍馬は別にして、土佐勤王党の話は、すでに遠くなっていた。

まず、大筋を調べてみた。

幕末の黒船騒ぎをきっかけに、日本は尊王攘夷《じょうい》と開国の間でゆれていた。

土佐藩の中も、ゆれていた。

藩主の山内容堂は、その頃、開国派、公武合体派で、吉田東洋に、その線で藩政を任せていた。

郷士の武市半平太は、土佐藩の空気を一変させようと企て、土佐勤王党を結成する。

龍馬は九人目の入党である。

土佐勤王党の入党者をたどっていくと、十八人目に、加納誠市郎という名前があった。

おそらく、これが加納駿次郎の先祖なのだろう。名字もそうだが、名前にも共通する感じがある。龍馬よりは少し遅いが、かなり初期の入党者である。

武市は、吉田東洋を暗殺し、藩の空気は尊王攘夷に傾いたが、容堂は、東洋暗殺を許さなかった。

武市は逃げずに入牢《じゅろう》し、そのあと切腹した。

東洋暗殺の直前、龍馬たちは一斉に脱藩を図る。龍馬は脱藩に成功したが、加納誠市郎は途中で逮捕され、その後、斬首された。

龍馬は無事国境を越え、伊予《いよ》から船で、下関へ逃げた。その後、江戸、神戸などを経て、長崎へ渡り、亀山社中を作って活躍している。

加納は、この話のどこに、関心を持っているのだろうか。

普通に考えれば、脱藩に成功した龍馬と、失敗した自分の先祖の誠市郎の違いである。

なぜ龍馬は成功し、誠市郎は失敗したのか、という疑問か。

しかし、いずれにしても、今から百六十年近く昔の話である。

いまさら、その理由がわかったところで、どうしようもないだろう。

この時、高知と東京で、ある謎《なぞ》が浮上し、一つの事件が起きていた。

正確にいえば、起きかけていた。

5

高知で浮上した謎は、郷土の英雄、坂本龍馬に関係するものだった。

昔は高知といえば、「板垣死すとも自由は死せず」の板垣退助が有名だったが、今は、何といっても坂本龍馬である。

高知市内に「坂本龍馬顕彰会」があり、その事務局が、毎年一回、懸賞論文を募集していた。

論文のテーマは、「坂本龍馬の謎に挑む」である。

募集を始めた当初は、どうしても「龍馬を殺した犯人は誰か」を扱ったものが多かった。

龍馬を巡る最大の謎だからである。しかし、それだけにプロの研究者から素人《しろうと》の愛好家まで、このテーマだけで、百近い数の応募があった。そうなると、新説も尽きてくるし、競争が激しいから、この謎を追った論文は、今はあまり見られなくなっていた。

今回はコロナ禍のため、締切が延ばされた。最終的に五月五日に決まり、徐々に応募作が集まってきた。

集まった論文は、五十二編。コロナ禍の中での割には、多い方だろう。

審査員は五人である。高知大学の准《じゅん》教授や地元の郷土史家、それに、龍馬の女性関係を専門に研究している女性も加わっている。

五十二編の応募作の中から、最終候補に残ったのは、三編である。

五人の審査員は、その中の一編に注目していた。それが一番秀《すぐ》れていると思ったからではない。

著者のプロフィールが問題だったのだ。

本名　加納駿次郎　五十歳
加納家は高知（土佐）の元郷士だが、わけあって父の代から東京で暮らしてきたところ、今回、高知に帰郷することにした。
わが先祖の名前は、土佐藩の郷士、加納誠市郎である。坂本龍馬と共に、武市半平太の土佐勤王党に入党した。
武市が、藩の要職で開国派で公武合体派の吉田東洋を斬《き》ったために、土佐勤王党は藩主容堂の怒りを買った。中岡慎太郎や龍馬は脱藩に成功したが、加納誠市郎は失敗し、逮捕、斬首された。

「これ、間違いないの？」

と、審査員の一人が、いった。

「調べたところ、確かに土佐勤王党に加納誠市郎という郷士が入党しています。坂本龍馬より、わずかに遅れていますが、かなり初期の入党者です」

と、事務局の人間が答えた。

「ホンモノなら、受賞にふさわしいね」

「問題はテーマですよ。脱藩ルートですからね」

その発言に、審査員の二人が身を乗り出し、別の二人は引いてしまった。

坂本龍馬を殺した犯人は誰か、という最大の謎に比べて、龍馬の脱藩ルートは地味だが、マニアにとっては興味のある研究テーマだった。逆にいえばマニア以外には、アピールしないのだ。

現在、龍馬の脱藩ルートは、四通り考えられている。

その一つは、高知を出て、国境の峠を越え、大洲《おおず》に入って、伊予の港から船で、下関に向かったというものである。

このルートは、「坂本龍馬脱藩の道」と呼ばれて、ハイキングコースにもなっている。途中には、記念碑まで建てられている。

それなのに、脱藩ルートが謎の一つに数えられているのは、龍馬自身がそれについて明かしたものが、一つもないからだった。

四通りのルートは、いずれも、国境を越えて、大洲領に入り、伊予港から船という点では一致している。どこで国境を越えたか、そこが違っているのだ。

この点で、加納駿次郎の応募論文は、五人を驚かせた。

龍馬は国境を越えていないと、加納は書いていた。

大洲領も通らず、伊予港から船に乗ってもいない、というのだ。

当時、土佐の沖の島の漁港から、二十人乗りか三十人乗りの鰹釣り船が出て、漁に当たっていた。

この鰹釣り船は、一回に数千本もの鰹を獲り、その多くを鰹節にしていたという。

坂本龍馬は、裕福な商人の家に生まれ、年収は、今でいえば二千万円くらいはあったというから、その金で、鰹釣り船を借り切ることができた。伊予港ではなく、沖の島から直接、下関に向かったというのが、加納の推理だった。

加納によると、沖の島の鰹釣り漁師たちの間には、幕末に、千両とか二千両という大金が動いたという噂《うわさ》が残っているという。

それが坂本龍馬から出た金かどうかはわからない。

それを調べるために、今度、沖の島の古くからの漁師の家を廻り、さらに船を借りて海を渡ってみるつもりだと、加納は結んでいた。

「証拠はないが、龍馬が脱藩に、鰹釣りの漁船を使ったというのは、面白い発想だと思います」

「それに、何といっても、筆者の先祖が土佐勤王党の一人で、脱藩に失敗したというのも面白い」

「その子孫が、なぜ龍馬が脱藩に成功し、自分の先祖は失敗したのか、それを調べているというのも、歴史を感じさせて興味がありますよ」

「受賞作にするかどうかはともかくとして、筆者の今後の研究成果を知りたいな」

6

もう一つの事件は、東京で起こった。

被害者は、岩田《いわた》文憲《ふみのり》、五十八歳。

現首相の友人で、T大からハーバードに行った秀才である。現在は、内閣参与に任じられ、経済問題の知恵袋として活躍している。

コロナ禍における日本の経済対策について、テレビなどでも発言し、首相も彼の進言を採用していた。

他の面でも、岩田は有名だった。

それは、言動だった。

「岩田には、たぶん誰も彼もバカに見えるのだろう」という人もいた。

それが態度に出て、その度に批判されるのだが、背後に首相がいることで、最近は、ますます傲慢《ごうまん》になり、他人《ひと》を傷つける言動が多くなった。

たとえば、コロナ禍で生活に困窮する人たちに、政府が最大三十万円を支給すると決めたことがあった。

首相の発案といわれていたが、実際は、岩田が勧めたものだった。それをテレビで尋ねられ、イエスと肯《うなず》いたのはいいのだが、さらに続けて、

「日本人もいやしくなったねえ。昔は、武士は食わねど、といってたのに、今は、誰も彼も、貧すれば鈍するなんだね」

といって、批判を浴びた。

一週間前のことである。

岩田は今日も、首相から、コロナ対応の経済対策について、国民に支持される政策を考えてくれといわれていた。

総理官邸から、目黒のマンションに帰ってきたところである。

超高層マンションの二十八階、三五〇平米の部屋である。

現在三十五歳の女性と、五年前から同棲《どうせい》中だった。

パートナーの折尾《おりお》ケイが迎えて、テキパキと、その日に届いた郵便物を、岩田に見せていく。

その中に、「親展」と書かれた封筒があった。

妙に豪華で、麗々しく家紋が入った封筒である。何かの催しの案内状だろうか。

封を開くと、二枚の紙片が入っていた。

一枚には、歌詞のような文章が書かれている。

ああらぶれし天地《あめつち》の
迷ひの道を人はゆく
栄華を誇る塵《ちり》の世に
誰《た》が高楼《こうろう》の眺めぞや

もう一枚を見る。名刺のようだ。

表には、加納雄一郎と名前だけが記されていた。

裏には、言葉が書かれている。

「国民が我等を見放しても
我等は国民を見放したりしない

加納雄一郎

岩田は、首を振った。

「なんだ、これは。わけのわからない手紙だな。すぐに捨ててくれ」

と、岩田は紙を丸めて、ケイに渡そうとしたが、ふと手を止めた。

「ちょっと待ってくれ。確か、四国の端を走る列車の中で殺された黒田大臣が、似たような紙を受け取っていたんじゃないか」

既に、顔色が変わっていた。

二枚の紙片のことは、捜査上の秘密として、公表されていない。しかし、岩田は、首相から聞かされていたのだ。

「すぐに警察を呼んでくれ」

と、岩田は、ケイに命じた。

「一一〇番しますか？　それとも、目黒署の知り合いの刑事さんを呼びましょうか？」

ケイは、冷静な口調だ。

「いや、平刑事じゃ駄目だ。署長にいって、こっちの名前を伝えるんだ」

間もなく、目黒署長が、刑事を一人連れて、飛んで来た。もちろん、内閣参与と知っている。

岩田が、二枚の紙片を見せると、署長がうなった。

「確かに四国の事件で見つかったカードや名刺と、よく似ています。歌詞の方は、ちょっと違うかもしれませんが、同じ『昭和維新の歌』だと思いますね。四国の事件で、そのカードを大臣に渡した人物は、既に判明しています。ただ、この人物にはアリバイがあって、黒田大臣の毒殺には、関与していないようなんです」

「しかし、黒田大臣は、その人物に会って、紙を渡された後で、毒死しているんだろうが」

「犯人は別にいるというのが、捜査本部の判断です。この歌詞を書いたカードや加納という名刺と、毒殺事件は無関係と見られています」

「では、私はどうすればいいんだ？　私が殺されたら、政府のコロナ対応も、経済対策も、止まってしまうんだぞ」

「どうしたらいいんですか？」

「私に聞くな！　市民を守るのが、警察の仕事だろうが」

「署に来ていただければ、本日出勤の署員三十六人が、全力を挙げて、先生の警護に当たります。お約束します」

「明日は、早朝から仕事があるんだ。首相じきじきの命令でね。私でなければ務まらない仕事なんだ」

「では、刑事を五人、寄越しますので、この部屋の周囲を固めましょう」

「武器も持たせてくれ」

「わかりました」

署長は、仕方なく、いった。

署長と交代で、五人の捜査員がやって来た。全員三十代で、身辺警護の訓練を受けている。彼らが、部屋の内外で、目を光らせることになった。

夜になっても、何も起きなかった。

朝になる。

刑事たちは、念のために、窓の厚いカーテンを開けなかった。外から、部屋の様子を見られないようにするためである。

岩田は、刑事たちに囲まれる形で、朝食をとることになった。

カーテンが閉ざされていることに、岩田が文句をつけた。朝の光を浴びないと、ベストのコンディションで仕事に向かえないというのである。刑事たちは、やむなく厚いカーテンを開けて、レースのカーテンだけ引いておくことにした。

官邸で、朝の連絡会議がある。首相以下、重要閣僚が揃《そろ》う会議である。そこに、岩田も出席することになっていた。

それだけ、自分は首相に重用されているのだと、岩田は満足していた。

「今日の会議で、私の提案したコロナ禍での経済政策が、検討される。おそらく、それで決まるだろうよ」

と、岩田が、刑事の一人に話しかけた瞬間だった。

何か黒い固まりが、カーテンの外側の、窓ガラスにぶつかった。

閃光《せんこう》と、爆発音が走った。厚いガラスが割れる。

爆風が、カーテンを巻き込んで、部屋の中を押し包んだ。

強烈な爆風だった。

岩田とケイが床に転倒し、刑事たちが身体《からだ》を伏せた。

テーブルの上の食器や花瓶が割れて、吹き飛んだ。

「先生！　大丈夫ですか！」

廊下から駆け込んできた刑事が叫んだ。

岩田が、床に手をついて、のろのろと立ち上がった。額のあたりから、血が流れている。

「何が起きたんだ？」

「爆弾を投げ込まれたようです」

「バカをいうな。ここは、二十八階だぞ！」

「ドローンが使用されたと思われます」

刑事が、床から、ドローンの破片と思われる部品を拾い上げた。

黒く塗られたプロペラの破片、エンジン、そして爆弾の起爆装置らしき部品。

刑事の一人が、ベランダに飛び出して、周囲を見廻した。

視界に、同じ高さのビルが入ってくる。

商業ビルである。

午前八時には、出入口が開放され、エレベーターも動いているだろう。

今、午前八時十二分。

何者かが、午前八時に、あのビルの中から、爆弾を積んだドローンを操ったのだ。

同じ高さから操作すれば、こちらの部屋の窓にぶつけるのは、さほど難しくないだろう。

ケイが、電話で救急車を呼んでいる。

だが、すぐに来てくれる気配がない。

救急車が動けないわけではなかった。

「怪我《けが》人が出ているから、すぐ来て下さい」

と、ケイが叫んでも、

「我々が患者を運んでも、受け入れてくれる病院が見つからないのです。ですから、まずそちらで、受け入れてくれる病院を見つけて、それから電話して下さい」

と、いうばかりなのだ。

「受け入れてくれる病院を見つけるのも、救急・救命の仕事でしょう」

「それが、コロナのために、出来なくなっているんです。救急車に乗せたまま、何時間も行き先が決まらないこともあります。それではかえって、患者さんのためになりません」

「首相の名前を出してみろ！」

岩田が、ケイに向かって、怒鳴る。

その額の血は、まだ、乾いていなかった。

第三章　「過去と決別できるか」

1

私、加納駿次郎は、今、長崎のホテルにいる。

高知県宿毛市の沖の島で、民宿の船をチャーターし、船長に頼んで、豊後《ぶんご》水道から伊予灘《なだ》、周防《すおう》灘を経て、玄界《げんかい》灘へ抜けた。

北九州沿岸を回り、平戸口から平戸大橋の下をくぐって、直接、長崎港に入ったのである。

私の考えでは、坂本龍馬の脱藩ルートは、多くの歴史家や郷土史家が思い込んでいるような、陸路ではない。当時の捕鯨船か鰹《かつお》釣り船を、大金を出して借り切って、長崎まで一直線に海路を直行したのだ。私は、その考えを、実験して確かめたかったのである。

今回、私が利用したのは、一〇トン弱の遊漁船である。沖の島では、「渡船」と呼ばれているものだ。

船は丸一日で、悠々と沖の島から長崎に到着した。船長は、江戸時代の捕鯨船や鰹釣り船でも、三、四日で長崎まで行けたはずだと、私に断言した。

私の祖先、加納誠市郎も、船で直接、長崎へ向かう脱藩ルートを考えていたに違いない。

なぜなら、当時、加納家は土佐の商人だったからである。土佐湾や沖の島あたりでは、一回の鰹漁で、何千本もの漁獲があったという。土佐では、それを鰹節にして、江戸や大坂で売り捌《さば》いていた。上質な贈答品として喜ばれたという。

そんな商売をしていたのだから、船や海上交通には通じていたはずである。

ただ、わが加納家と坂本家では、商売の大きさが違っていた。坂本家は大商人で、郷士だった龍馬でも、今の二千万円くらいの年収があったといわれている。脱藩するのに、鰹釣り船を借り切ることもできたに違いない。それに引き換え、加納誠市郎は、鰹釣り船を借りるほどの大金が用意できなかったのだ。

私は、長崎に着くと、沖の島から乗ってきた船を帰した。もちろん、船長には、相手が喜ぶだけの礼金を払った。

ホテルの部屋でひとりになり、テーブルの上に、世直しに使おうと考えて用意した道具を並べた。

「昭和維新の歌」の歌詞を、一番から十番まで、それぞれ印刷したカード。

先祖の加納誠市郎や祖父の加納雄一郎の、名前と言葉を記した名刺。

加納雄一郎の日記から抜粋した文章を、筆と墨で書き写すための極上の半紙。

それらを納める特別製の封筒。

こうした道具に、私は費用を惜しまなかった。

幸い、土地を売った五億円があった。それを使った。

「昭和維新の歌」の歌詞を印刷したカードには、18金の金箔《きんぱく》を使った。

祖父の日記を書写する半紙は、日本一優雅といわれる和紙を用意して、桜の花を刷り込んでもらった。一枚一万円である。

それよりも凝ったのは、封筒だった。

中身が問題だという人もいるが、中小企業で働く数十年の苦労で思い知ったのは、その逆だった。

内容が素晴らしくても、それが安物の封筒に入っていたら、あっさり破り捨てられるのが現実である。

だから、思い切り豪華な封筒を作らせた。簡単には捨てにくい封筒である。

まず、大きさを、普通の封筒の二倍にした。そして、その半分に、金箔を施した。郵便番号を書き込む枠の線には、薄く細いメノウをはめ込んだ。

裏面には、大きく、加納家の家紋を印刷した。

忠臣蔵の浅野《あさの》家と同じ「丸に違い鷹《たか》の羽」である。さらに凝って、家紋の丸の部分だけ、浮き上がって見えるように印刷させた。この封筒一枚にも、一万円の原価がかかった。

カードと名刺と半紙と封筒。これを全部で千セット、用意した。

「昭和維新の歌」や祖父の遺《のこ》した言葉に反する人間を見たら、歌詞と名刺を入れた封筒を、黙って相手に渡すと決めたのである。

東京で用意して、それを携えて、初めて郷里の高知に帰った。

そして翌日、九百セットを高知駅のコインロッカーに預け、百セットをカバンに入れて、土佐くろしお鉄道に乗った。正確にいえば、JR四国と土佐くろしお鉄道の線路を走る、JRの特急「あしずり九号」に乗ったのである。

その車内で、黒田大臣の泥酔《でいすい》ぶりに呆《あき》れ、早くも私は、用意のセットを渡すことになった。

「昭和維新の歌」の五番のカードと、祖父の日記の一節を印刷した名刺である。この時は、封筒は使わなかった。いきなり、それらの言葉を、突きつけたかったのである。

大臣の女性秘書は、その名刺やカードを、どうしたらいいか迷っていた。黒田大臣本人は酔い過ぎていて、どう受け取ったのか、意味不明の反応でしかなかった。

翌日のニュースで、私は、黒田大臣が殺されたことを知った。車内での酒盛りの最中に、何者かに、青酸カリ入りの酒を飲まされたのだ。

その何者かは、やはり黒田大臣の泥酔ぶりに腹を立てて、殺そうとしたのだろうか。さすがに私も、何者かが私の行為に触発されたり、同調したりして、黒田大臣を殺したとまでは考えていない。

おそらく偶然だったのだろう。

第一、私は、「昭和維新の歌」と祖父の日記の文章を使って、世直しをしたいのであって、殺人をしたいわけではないのだ。

キザないい方をすれば、昭和の危機感をもって、令和の、だらけた精神を叩《たた》き直したいのだ。

もう一つある。

それは、先祖の加納誠市郎と祖父の加納雄一郎の、運の悪さへの反撥《はんぱつ》である。加納誠市郎が、坂本龍馬のように歴史を変えるほどの働きをしていたら、加納雄一郎が、彼が参加した二・二六を成功させていたら、私は世直しなど考えなかったかもしれない。

彼らの不運が、私を世直しに向かわせるのだ。

土佐藩の郷士だった加納誠市郎は、今の私の年齢まで生きられなかった。坂本龍馬のように、明治維新に大きな足跡も残していないのだ。

誠市郎の不遇の根源は、いったい何だったのだろう。考えた末に、私は一つの結論に行きついた。

(仕えた藩主、山内容堂だ)

他に考えようがない。

容堂は「幕末の四賢侯」の一人と賞讃《しょうさん》されている。他の三人は、福井の松平春嶽《まつだいらしゅんがく》、薩摩《さつま》の島津斉彬《しまづなりあきら》、宇和島の伊達宗城《だてむねなり》である。しかし、実際の容堂は、頑迷で、酒乱だった。

もともと、容堂は分家の出である。本家には、若い世子がいたから、分家の容堂は、そのまま終わるはずだったのである。

ところが、本家の世子が突然、病死した。

それでも、本家には、まだ三歳の男子がいた。それを容堂は、幕府にうまく取り入って、強引に土佐藩主に収まってしまった。

したがって、恩義ある将軍家、幕府に逆らうことなど、出来るはずがない。

当時、尊王攘夷《じょうい》の風が吹いていた。土佐藩でも、武市半平太が土佐勤王党を旗揚げし、中岡慎太郎も、龍馬も、私の先祖の加納誠市郎も参加していた。

ところが、幕府に恩義のある容堂は、頑《かたく》なに、幕府の開国・公武合体を支持して、土佐勤王党を弾圧し、加納誠市郎も斬首《ざんしゅ》されてしまった。

結局、中岡慎太郎や龍馬は、土佐藩を脱藩して、藩の外で活躍するのである。

その後、容堂も、遅まきながら尊王・討幕に動くのだが、明治を迎える頃には、影が薄かった。

影が薄いだけならまだしも、「土佐の狂犬」とか「酒乱」と、陰口を叩かれている。

時代が読めなかったのだ。

致命的だったのは、十四歳で新天皇になる明治天皇について、「幼沖《ようちゅう》の天子」（稚《おさな》い天皇）と発言して、岩倉具視《いわくらともみ》に叱責《しっせき》されたことだ。

幕末にあって、薩摩藩では、西郷隆盛《さいごうたかもり》が遠島を許されて、それから大活躍している。長州では、脱藩して投獄された高杉晋作《たかすぎしんさく》が、四国（米・英・仏・蘭《らん》）艦隊との和議交渉が始まると、急遽《きゅうきょ》呼び戻されて、交渉を任されている。

しかし、土佐藩を脱藩した龍馬や中岡慎太郎は、藩に戻ることはなかった。わが先祖、加納誠市郎は、言うまでもない。

2

祖父、加納雄一郎の場合は、どうだろう。

彼ら青年将校たちは、国家改造と軍部改革を目指して、昭和十一年二月二十六日、約千五百名の兵士を指揮して、決起した。

彼らの失敗は、当時三十代の若い天皇も、自分たちと同じ考えだと思い込んだことにある。

計画が杜撰《ずさん》だったという批判もあるが、私には、そうは思えない。天皇が、ひとり賛成していたら、間違いなく、このクーデターは成功していた。

青年将校たちが、なぜ、天皇の心を見誤ったのか。

彼らだけが、見誤ったのではない。

若手に人気のあった真崎甚三郎大将も、見誤っていたのだ。あるいは、嘘《うそ》を吐《つ》いたのだ。決起があった時、彼は若手将校たちに向かって、「諸君の気持は、すでに陛下はわかっていらっしゃるぞ」と、言っているのである。

天皇は、青年将校たちの決起の報に接すると、激怒して、「私の信頼する老臣たちを殺すなど、絶対に許すことは出来ない」と、言われたとされる。

二・二六では、青年将校二十名近くが処刑されている。ほとんどが陸軍の将校で、私の祖父も陸軍中尉《ちゅうい》だった。

その青年将校たちは、天皇の激怒に遭っても、ほぼ全員が、最後まで自分たちの行動の正しさを信じている。私の祖父も、である。

今も、この事実が、私には悲しい。

どうして、こんな悲劇が生まれたのか。

私は、天皇が間違ったとも思わない。だからといって、青年将校たちの考えが、間違っていたとも思えない。

たとえば、祖父の加納雄一郎のことを考えてみる。

昭和十一年当時、雄一郎は、加納家の期待を一身に背負っていた。陸軍幼年学校を優秀な成績で卒業し、そのあとは士官学校へ入学し、ここも優秀な成績で卒業。社会の第一線に出ることはなく、陸軍中枢《ちゅうすう》の参謀本部に入り、末は陸軍大臣か、総理大臣も夢ではないと、加納家では見られていた。

ところが、雄一郎は、別の世界を見ていた。

貧しい日本の現実である。

都会には失業者があふれ、農村では、飢餓が広がり、娘の身売り話が珍しくなかった。

「昭和維新の歌」と同じ現実である。

完全に正しいとはいえないかもしれないが、天皇の心を見誤ったのではなかった。雄一郎たち青年将校の見ていた現実と、天皇の生きている現実が違っていたのだ。違う現実を見ていたということではないか。

いや、もっとはっきりいえば、青年将校らの現実と、天皇の現実とは、次元が違うのだ。

戦争中、天皇は、自分が神であり、天照大神《あまてらすおおみかみ》の子孫だと信じていたと思う。

それは今も同じだと、私は思っている。

昭和天皇の人間宣言を、私は信じない。正しくは、昭和天皇は、こう宣言したのである。

「私には、人間離れした、神のような力はない。だが、私は、天照大神や皇祖皇宗《こうそう》の神々の子孫である」

この言葉を冷静に見れば、人間宣言ではなく、神の再宣言である。

戦時中、「国体」という言葉があった。国の形である。日本は、万世一系の天皇が支配する。これが、日本国の国体であるといわれた。神の国である。

しかし、戦争に敗れて、神の国とはいえなくなった。

そこで、海軍次官だった井上成美《いのうえしげよし》大将が、一つの方法を考えた。

日本国と、天皇家を別《わ》けてしまうのである。

神の国というのは、天皇家であった。日本国とは関係ない、という考えである。

この説は、あまり評判がよくなかったが、私には、正しいと感じられる。

現に、昭和天皇は、「私は神のようには行動できないが、神であるアマテラスの子孫である」と、いっているのだ。おそらく、今の天皇も、同じことをいうのではないか。

これは、一般の日本人には受け入れにくいが、京都では、普通にいわれている。

「日本には、日本人と京都人がいる」と、平気で口にするくらいなのだ。

天皇家は神の子孫である、といっても、京都の人は別に驚かないだろう。

日露戦争の時、日本中が、ロシアとの戦いに燃え上がっていた。ところが、その最中にあって、明治天皇は、平和の和歌を詠《よ》んで、人々を驚かせた。

日本国の元首であり、大元帥《だいげんすい》である天皇が、日本中が燃え上がっている戦争のただなかで、平和の和歌を詠んでいるのだ。

これは、天皇が、神の子孫であると考えなければ、理解できない。

昭和天皇も、太平洋戦争の開戦にあたって、明治天皇の和歌を読み上げている。

天皇家の神は、どんな神なのだろうか。

アマテラスから、延々と続く神々たちである。

延々と続く、皇祖皇宗。さまざまな神がいた。

天皇家の最高の誇りは、万世一系である。代々の天皇の最大の務めは、自分の代で、万世一系を絶やさないことだろう。

最大の危険は、戦争だった。

戦争に負ければ、国体が変わってしまう恐れがある。

だから、明治天皇も、大正天皇も、昭和天皇も、

「自分の代で、戦争はやりたくない」

と、いっていたという。

そんな天皇を、祖父の雄一郎は、どう見ていたのだろうか。

天皇家は、代々、自らを神の子孫であると信じていた。

その皇統を、営々と続けていく家系である。家系を絶やさずに、続けていくことが、代々の天皇の仕事なのだ。

自分の代で、天皇家を絶やしてはならない。それが、代々の天皇の目標だった。戦争など、とんでもないことだったのだ。

そんな天皇家に、政治家や軍部が、さまざまな肩書を押しつけた。

大元帥、元首、天皇、そして、現人神《あらひとがみ》。天皇自身にとって必要なのは、神だけだったに違いない。

それなのに、まわりの人間は、自分の野心を遂げるために、あらゆる肩書を、天皇に押しつけた。肩書を利用しようとしたといってもいい。

そして、その肩書に、青年将校たちもまた、自分の夢を託したのだ。

青年将校たちは、元首、大元帥に、国の改革と軍の刷新を託したのだ。

しかし、その夢を託された元首も、大元帥も、青年将校たちが勝手に思い描いた理想像でしかなかった。

軍は、実力者の大臣や参謀に握られていた。反旗を翻《ひるがえ》した青年将校たちは、簡単に否定され、処刑されてしまった。

それでも、私は、雄一郎の志を、高く評価する。

「昭和維新の歌」は今も生きている。その思いは、捨て切れないのだ。

3

私は、朝刊に眼を通すことにした。

今日も、殺伐とした記事が多い。

五十二歳の中堅役人の自殺の記事。

「長崎市のN旅館で、宿泊していた早川健治郎《はやかわけんじろう》さん（52）が、死亡しているのが見つかった。部屋に朝食を運んだ従業員が発見した。早川さんは、中小企業庁の課長で、遺書があったことから、自殺と見られている」

今日の朝刊に載っているということは、事件が起きたのは、昨日なのだろう。

私は、早川健治郎という名前に、ショックを受けた。

私の知っている名前だったからだ。

兄と私が、蒲田の工場地帯で、町工場を経営していた頃、ずいぶん世話になっていた。

町工場の経営は、どこも苦しい。発注元の大企業に、いじめられ続けている。発注元の事業がうまく行かないと、大企業は、マイナス分を下請けに押しつけてくる。そんな時、早川健治郎が、中小企業庁の役人として、「とさ加工」を守ってくれたのだ。

愛想がないが、それだけに、かえって頼りになる男だった。

特に、兄一家とは家族ぐるみの付き合いになり、最後に工場や土地を売る時にも、何かと相談に乗ってくれた。

私はふと、過去が追いかけてきたような気がした。

東京の生活を清算して、高知に来て、沖の島から長崎まで渡ってきたが、そこで早川の死を知らされたのである。不思議な因縁を感じさせた。

私はすぐに、長崎警察署へ行った。東京で早川にお世話になった者だというと、担当の刑事が信じてくれた。

「東京から、奥さんが飛んで来ましてね。遺書が見つかったので、自殺とわかりました。長崎は、早川さんの生まれ故郷だそうで、故郷で死にたかったのかもしれません」

「自殺の原因は、何だったのでしょうか」

「それは、我々から、いうことはできません。奥さんに、きいてください」

「今、長崎にいるんですか？」

「近くのホテルに泊まっていると思いますよ。どことは、私からは教えられませんが」

と、刑事が、先回りするように、いった。

早川の妻は、彩乃《あやの》といったはずだ。

私は、兄嫁に電話した。兄嫁は、早川の死を知らなかった。東京の新聞には、出ていないのだろう。

兄嫁から、彩乃の携帯番号をきき、私は電話をかけた。

お悔みを伝え、私も長崎に来ているというと、さすがに驚いた様子だったが、ホテルのラウンジで会うことを承知してくれた。

彼女は、夫の死を悲しんでいたが、それ以上に、何かに腹を立てていた。私は、その理由をきいたが、なかなか教えてくれなかった。

私は、粘りに粘って、その結果、やっと彩乃は、夫の自殺の理由を教えてくれた。

「早川は、課長になって、中小企業の管理と育成を委《まか》されていました」

「それは、知っています。我々も、ずっとお世話になっていました。工場を売る時にも、相談に乗っていただきました。その後、何があったんですか？」

「コロナ騒ぎで、東京の中小企業は、全滅寸前です。仕事はなくなり、やむなく廃業を決めたところも少なくありません。しかも、一時は値上がりしていた土地も、今はほとんど値下がりです。廃業しても、借金だけが残ってしまいます。早川は、そういって、頭を悩ませていました」

「それが、自殺の理由ですか？」

「最初は、上司との意見の違いでした」

「上司というと……」

「一番上です」

「井上《いのうえ》長官ですか？」

「ええ」

と、彩乃は、いう。

私には、わからなかった。早川は、確かに自己主張の強い男だった。

しかし、私の知る早川は、今の時代には珍しく、役人としての誇りを持っていた。

そんな男が、上司とうまく行かないくらいのことで、自殺するだろうか。

「川崎の工場地帯で、再開発の計画が持ち上がったんです。中小企業や町工場が多い地区で、井上長官が責任者になりました。早川は、その下で、実務を担当していました」

「川崎の隣りの横浜に、カジノを誘致する話は、いっこうに決まりませんね」

私が、何気なく口にすると、彩乃は、

「横浜のカジノは、反対が多くて、もう駄目だと見られていました。その代替に、川崎の工場地帯を再開発する計画が持ち上がったんです」

と、いった。私はうなずいて、先を促した。

「計画を聞いて、早川はすぐに反対意見を、井上長官に進言しました。あの地区の中小企業は、ほとんどが赤字経営です。再開発で立ち退《の》きになれば、事業継続は、不可能になります。土地を持っている工場も、それを担保に、目いっぱい借金をしているし、借地なら、なおさら新たな土地を借りて、工場を建てる余裕はありません。再開発なんかやめて、中小企業に資金を提供し、今のままで自立できるようにするのが、役所の務めだと、早川は進言したようです」

「再開発には、政治家が絡《から》んでいるのではありませんか。そうなると、井上長官は困ったでしょう。動きが取れなくなる」

「早川は、早くから、政治家が絡んでいると見ていたようです。あの辺りは、前首相の選挙区です。前々から、近代的な行楽地区に整備して、外国人観光客を誘致すると、いっていました。直接、カジノのことは口にしませんが、秘書の方を、しばしばアメリカやマカオに派遣して、カジノの研究をさせていたそうです」

「それに反対する人たちもいた？」

「そうです。早川も反対でした。どうしても再開発をするなら、住宅地にするべきだという考えでした。もちろん、工場には、十分な補償をして、移転先も確保しなければなりません。早川は、井上長官にそのように伝えていたのですが、急に長官が病気と称して、入院してしまいました。あとを委されたのが、早川です」

「少しずつ、事情がわかってきました。しかし、まだ自殺の理由はわかりません。早川さんは、強い人だと思っていましたから」

「マスコミのせいです」

「マスコミ？」

面食らう私に、彩乃は、堰《せき》を切ったように、いう。

「大手紙ではありませんが、あの地区では、有力な新聞があるんです。『Ｔｈｅ　ＫＡＷＡＳＡＫＩ』という地元紙です。早川は、この案件が立ち上がってから、あの地区の実情を調べていました。再開発予定地の中には、町工場もあれば、飲み屋もあり、風俗店もあります。再開発になれば、それぞれにどんな影響があるか、早川は聞いて廻っていました。あの地元紙は、その全《すべ》てを報道せず、早川がピンクサロンに通っていたと、それだけを取り上げていたんです」

彩乃は、バッグを探って、その新聞のコピーを見せてくれた。

新聞の一面である。紙面一杯に、大きな活字が躍っていた。

そのことに、まず、新聞の目的を見た。

「これが調査か？

早川課長の呆れた行状

ピンクサロンでイチャイチャ」

写真も、一面に載っている。

早川とピンサロ嬢が、笑顔で話している写真である。

などやかに事情を聞いている場面だろうが、調査に事よせて、イチャついていると取れないことはない。

「店の事情を聞いてくれと頼まれて、ひとりで行ったのが間違いだったと、早川は、いっていました。メディアの力は、怖いものです。このニュースが、地元のテレビ局でも取り上げられ、さらには、ワイドショーなどでも、面白おかしく取り沙汰《ざた》されました。早川は、それまで中小企業の味方だったのに、突然、偽善者にされてしまいました。再開発の調査を名目に、遊び廻っているといわれるようになったのです。そして、ひとりで考えたいといって、出かけたのですが、生まれ故郷のここ長崎で死んでしまいました」

「遺書には、何が書かれていたんです？」

「何も。不徳のいたすところだとだけ、ありました。ただ、マスコミは事実を伝えてほしかった、と」

「わかりました」

と、私は、いった。

本当は、私は、許せないと思っていた。

地元紙の発行人は、大杉信之《おおすぎのぶゆき》である。社長ということになるのだろう。

この大杉信之と、再開発を推進している前首相の御手洗《みたら》勝利《いかつとし》。

何よりも、この二人が許せないと思った。

といっても、私には、二人を抹殺するまでのことは出来ない。

警告するだけである。

「昭和維新の歌」の歌詞を読んで、自分の行動を反省してほしい。

二・二六で処刑された、青年将校たちの心情に照らして、おのれの行為を自省してほしいのだ。

私は考える。

祖父の加納雄一郎なら、この二人を絶対に許さないだろう。私には、それがわかる。

単純だが、それが、昭和の正義だったのだ。

雄一郎たちは、私欲で動く政治家や、彼らに迎合する官吏が許せなかった。

国のためにならない。

国民のためにならない。

そして、彼らには、ただ一人、自分たちの気持をわかってくださる天皇陛下がいた。

今の私には、そうした存在はない。

だから、大杉や御手洗のような人間を脅し、反省させることしか出来ないのだ。

考えた末に、私は、その二人に、同じ物を送ることにした。

「昭和維新の歌」の二番。

権門上《かみ》に傲《おご》れども
国を憂《うれ》ふる誠なし
財閥富を誇れども
社稷《しゃしょく》を思ふ心なし

そして、同じく六番。

天の怒りか地の声か
そも　ただならぬ響きあり
民　永劫《えいごう》の眠りより
醒《さ》めよ日本の朝ぼらけ

祖父・雄一郎の日記からは、この一節を抜粋して、書き添えることにした。

「政治家は愚かである。
官吏たちも愚かである。
財閥も愚かである。
一刻も早く、彼らを覚醒《かくせい》させなければ、
愛する日本は、間違いなく亡《ほろ》ぶだろう。
必要なものは、一発の弾丸か、
若者たちよ、銃を用意せよ」

金箔を貼《は》った封筒二通に、これらを入れた。

一通は『Ｔｈｅ　ＫＡＷＡＳＡＫＩ』宛《あ》てに、もう一通は、前首相の事務所を調べて、その住所に送った。

それから、私は、高知に戻ることにした。ホテルではない。東京の生活を清算してきた私は、高知に、こぢんまりとしたマンションを借りることにしていた。いよいよ父祖の地に帰るのだ。

4

高知に帰って二週間後、突然、電話が鳴った。

「警視庁の十津川《とつがわ》です」

と、相手は、いった。

「ある事件の関係で、お話がしたいのです。お宅のマンションの近くまで、一人で来ています」

「近くに『土佐よさこい』というカフェがあるので、そこでお待ち下さい。こちらは引っ越したばかりで、片付いていませんので」

そのように断りを入れてから、私は会うことにした。

黒田大臣の事件にかかわることだろうか。

私にとっても、十津川という警官は興味があった。

少なくとも、汚れていない刑事だと聞いていた。

カフェ「土佐よさこい」は、二階建てである。

一階は観光客向けなのか、「南国土佐を後にして」のＣＤが、延々と流れている。

うるさいので、十津川とは、二階の席で話すことにした。

席に着くと、十津川が、いきなり切り出した。

「すでにお耳に入っていると思いますが、『Ｔｈｅ　ＫＡＷＡＳＡＫＩ』という新聞がありましてね。川崎の地元紙ですが、地域では、かなりの有力紙です。この新聞社の社長、大杉信之が、何者かに射殺されました。凶器は、手製か改造された拳銃《けんじゅう》です。もう一つ、前首相の御手洗勝利氏が、突然、心臓発作で入院しましたが、高齢《とし》なので危ないといわれています」

「それは、テレビのニュースで、私も知りました」

「この二人に、あなた、手紙を出していますね？　歌詞を印刷したカードと、警告のような言葉を筆で書いた和紙を、立派な封筒に入れて、送ったのではありませんか？」

「それは否定しません。二人の行為が許せないので、反省せよというつもりでした」

差出人を隠そうという気持はなかったから、私にたどり着いたのは、不思議ではなかった。

「この二人だけではありません。首相の経済問題の知恵袋として知られる内閣参与のマンションが、ドローンで襲撃され、怪我《けが》を負っています。酔っ払い運転で、ひき逃げ事故を起こしながら、秘書のせいにして、逃げ切ろうとした国会議員が、何者かに刺殺されました。レストランで接客が悪いと難癖をつけ、帰ってくれといわれると、その店の悪口をネットに上げて、炎上させたＩＴ事業家の件もあります。こちらは、暴漢に襲われて、半死半生です」

「それが、私と関係があるとでも？」

「どちらも、あなたからの封筒を受け取っていることが、わかっているんです」

「しかし、私は、ここ、高知を離れていませんよ」

それは事実である。私が当然のアリバイを主張すると、十津川は、話の矛先を変えた。

「こちらで調べたところ、あなたの祖父は、二・二六に参加した青年将校の一人で、愛唱歌が『昭和維新の歌』だったそうですね」

「その通りです。祖父が、今の日本の状況を見たら、絶対に許さずに、決起したでしょう。だが、私には、そこまでは出来ない。反省を促すことしか出来ないのです」

「どうして、そこまでは出来ないのですか？」

「祖父には、神がいました。絶対の神です。私には、それが存在しない」

「その神というのは、誰なんです？」

「それは、あなたが考えて下さい」

「それでは、勝手に考えましょう。あなたの祖父は、青年将校として二・二六に参加して、処刑された。あの警告のような言葉は、あなたの祖父が遺した日記か何かなのでしょう？」

「ええ。祖父、雄一郎の日記です」

「でも、あなたの祖父は、その神に裏切られたわけですね？」

「正しくは、違います。祖父の見ていた現実と、神の見ていた現実が異なっていたのです。それだけです」

「よくわかりませんが、問題がそこにないのは、おわかりのはずですね？」

十津川は、じっと、私の顔を見ている。

「なぜ私が決起までは出来ないのか、と十津川さんは尋ねられました。十津川さんの眼を見れば、どうも私が標的を決めて、誰か別の人間が実行していると、考えておられるようですが、それは全く違うのですよ。私には、誰か実行している人間がいたとしても、その人間が全然わからないのです。どこの誰か、見当もつかないのです」

と、私は、いった。

「本当に、全くわかりませんか？」

「わかりません」

「しかし、あなたが特注の封筒で、『昭和維新の歌』の歌詞と、檄文《げきぶん》のような言葉を送りつけた相手が、なぜか殺されている。その言葉の通りに、処刑されている。おかしいとは思いませんか？」

「私にいわれても、わかりません。私が許せないと感じた人物に対して、同じように許せないと考えた人がいたのではないですか。そうとしか、いえません」

「しかし、悪人は、この世の中に、ごまんといますよ。あなたが指弾し、反省を強要した相手より悪い奴《やつ》も、いくらもいるでしょう。なぜ、そういった悪党を狙《ねら》わないんですかね？　なぜ、あなたが悪人だと決めつけた人間だけを、同じように悪人と決めつけて、狙うのでしょうかね？」

十津川は、しつこい。

私が黙っていると、さらに言葉を続けた。

「私は、あなたの気持がわからない。この世の悪人を指摘して、それを殺させて喜んでいる。あなたは、自分が指摘した悪人が殺されて、痛快だと喜んでいるだけかもしれないが、誰が見ても、共犯者ですよ。いや、主犯かもしれない。殺人者と知り合いなんじゃありませんか。そうに違いないでしょう。どうなんです？」

「私は、警告を与え、反省を求めているだけであって、相手を殺そうとは考えていません。実際に殺している人間のことも、全く知りませんよ。私が何か知っているという証拠があるなら、見せて下さい」

私に弱みはない。だから、私は、十津川の顔を、まっすぐ見つめてやった。

十津川は、急に、ニヤッとした。

「残念ながら、その証拠が、全くないのです。黒田大臣が殺された時、あなたには、アリバイがある。大杉が殺された日も、あなたは現場から遠く離れていた。あなたは、いつも、殺人と接点がないのだ。それが不思議で、仕方がないのです」

「それを不思議というのは、困りますね。私と関係がないだけのことなのですから、冷静に犯人を捜して下さい」

私は、十津川にお説教した。この時、私は、この刑事に対して、優位に立っているのを感じ取っていた。

第一、私には、やましいところはない。

第二、私自身に、私心はない。祖父の雄一郎と同じ気持で、国を愛し、今の令和の時代を、昭和の心で批判しているだけだ。

第三、私は孤独である。孤独を大事にしている。孤独だからこそ、何をやろうと自由である。誰に遠慮することもないのだ。

第四、したがって、誰のために生きているわけでもない。だから、いくらでも強くなれる。

「なぜ、あなたは突然、この高知に来られたんですか？」

と、十津川が、質問を変えた。

「私の父は、故郷の高知を追われる形で、東京に出たのです。最初は川崎で、それから蒲田で、父は町工場を経営し、兄と私は、それを受け継ぎました。父や兄は、郷里の土佐に対して、複雑な思いを持っていたようです。会社名が『とさ加工』だったくらいですから、愛着があったはずですが、同時に郷里を追われたというトラウマがあったのでしょう」

「あなたは、違う？」

「私は、土佐高知に関心を持つのが遅かったのです。そのために、土佐勤王党に参加した先祖の失敗や、二・二六で天皇を信じながら処刑された祖父のことが、かえって、いとおしくなりましてね。東京での暮らしは切り捨てて、土佐に帰りたくなったんです。土佐で、加納誠市郎や雄一郎のことを研究し、できれば亡国的な令和の時代を、二人の視線から批判的に見て、暮らそうと思ったのです。それが何か、いけませんか？」

「もちろん、誰でも、自分の生き方は自分で決められます。あなたが、令和の時代を、昭和の論理で斬《き》ろうとするのも、あなたの自由です」

「それなら、どこに問題があるんですか？」

私が、突っかかる。

十津川は、また笑った。今度は苦笑だ。

「しかし、昭和の怒りで、人を殺してはいけませんよ」

「殺してなんかいませんよ」

「あなたは、過去を捨てて、土佐に帰り、好きな生き方をすることにしたというが、果たして、その通りですかね？」

「その通りです。そう思っています」

「あなたは、過去を切り捨てたというが、結局は昔、お世話になった恩義に報いようとしているんじゃありませんか。長崎で自殺した早川さんのために、新聞社の社長と前首相を、脅したのではないのですか」

「脅したのではありません。反省を求めただけです。それのどこが悪いんですか？」

「あなただって、実際に正義に反していることはわかっている。もう五十歳の、いい年齢《とし》でしょう。自分が利用されているのが、わからないんですか？」

「私が利用されていると、なぜ、いえるんですか？」

「正直いって、彼らが、どういうグループなのか、わからない」

急に、十津川の話が、具体的なリアリティを帯びてきた。

「彼ら？　グループ？」

「あなたを利用して、殺人を楽しんでいるグループがいる。我々は、そう考えているのですよ。他に考えようがない」

「どういうことなのか、私にはわかりませんね」

「彼らにとっては、あなたがいうように、令和の時代が堕落しているとか、『昭和維新の歌』で、それを正そうとか、そんなことは、どうでもいいんです。最初から、殺人が目的なんだ。それも、大物がいい。世の中から毛嫌いされる大物を殺していけば、きっと喝采《かっさい》を浴びるだろう。そう考えたんでしょうね。そこで、あなたを見つけたんだ。彼らにとって、あなたが、どんなに都合のいい存在か、わかりますか？　彼らの正体を隠してくれる、最高の隠れ蓑《みの》なんですよ」

「十津川さんのいう『彼ら』とは、何者なんです？　本当に、いるんですか？」

「私は、いると思っています。それも、あなたの周りにね」

「わかりませんね。私の知り合いに、そんな無法な悪人はいないはずです」

正直にいうと、私は少しずつ、強い気持が崩れていくのを感じていた。

私自身も、どこかで、少しおかしいとは感じていたのだ。

妙な連中がいると感じながら、それを放っておいたのは、どこかで同志愛に似たものを覚えていたからかもしれない。自分と同じ悪を、同じように悪として憎み、許さない。そこが同志に思えたのだ。

それに、私には、どこか面白がっていたところがあった。

自分が設計した図面が、気付くと、完成品になっていく楽しさである。

しかし、これは危険な合図かもしれない。私は、その楽しさが、エスカレートしていくのを恐れていた。

そんな私の気持を見透かしたように、十津川は、

「楽しいんじゃありませんか？」

と、いった。

「いや、そんなことは、全くありません。私は、現代の悪を正すのが願いで、人が死ぬことは、全く願っていませんから」

「そうですかねえ。あなたは、結構楽しんでいるように見えますよ。私は、逮捕した凶悪な連続殺人犯に、きいたことがあるんです。どうして人を殺すのか、とね。そうしたら、真面目《まじめ》に答えましたよ。殺人以上の快楽はなかったからだと。だから、殺人を続けたんだとね」

「――」

「あなたは、絶対安全な場所から、その人生最高の快楽を味わっている。これで何回、その快楽を味わいましたか？　三回、いや四回、五回か。あなたは、毎日のように、世の中の悪人を見つけて、『昭和維新の歌』の一節と、二・二六の青年将校の日記からの言葉を、豪華な封筒に入れて、送りつけた。確かに、ここまでなら、何の罪もない。しかし、このあとのあなたの行動は、世界一、卑怯《ひきょう》だ。手紙を送った悪党が、いつ殺されるか、黙って、じっと待っているのだから」

「それは違う。私は、彼らが殺されるのを、待っているわけじゃない」

「じゃあ、何を待っているんですか？」

「彼らが反省して、正しい道に戻ることとです」

「今までに、一人でも、戻ってきましたか？」

「それは、十津川さんが、よくご存じでしょう。結果は、大変残念に思っています」

「あなたは、彼らが殺されるのは本意ではない、といわれた。それなら、殺人犯を見つけ出して、その間違いを正すか、警察に突き出すべきでしょう？」

「殺人事件の捜査は、警察の仕事でしょう。個人の私に、押しつけないでください」

「だが、今回の事件の発端は、あなただ」

「私は、殺人犯の動機も、その名前も、わかりませんよ」

「あなたは、そういって、逃げる。卑怯ですよ」

「いくら話し合っても、堂々巡りになるだけだと思いますがね。令和の世が平穏なら、私だって、悪党に、あんな手紙は書かない。書かないで済む世の中にしてくれ、というより、仕様がない」

「黙れ！」

十津川が、突然、怒鳴った。

さすがに、私も、むっとして、相手を睨《にら》み返した。その瞬間、十津川と対等な立場を取り戻した、とも思った。

「言葉に詰まると、怒鳴るんですか？」

「そうじゃない。死は、窮極なんだ。死で、全てが終わるんですよ。あなたが、先祖の誠市郎さんにこだわるのも、彼の最期《さいご》が、無法な死だったからでしょう。取り返しがつかないからでしょう。でも、悪人なら、死んでもいいんですか。二・二六の青年将校の死にはこだわりながら、悪人は殺すというなら、私には絶対に許せない」

「――」

「あなたが、『昭和維新の歌』や、青年将校だった祖父の日記にこだわるのは、いいでしょう。手紙でも何でも、送ればいい。しかし、その目的は何ですか？　時代の悪人を殺すことですか？　そんな簡単なものなんですか？　あなたの目的は、今の時代、今の国家社会を救うことなんでしょう？　小悪党が死ぬことで、いい社会が出来上がるんですか？」

「――」

「社会や国家が、どんなものか、あなたもよくご存じでしょう。いろいろな人が混在するのが、豊かな社会です。青年将校たちは、天皇に裏切られる形になった。だが、国家の中心に、ああいう大きな重しが必要だということは、あなたもわかっている。土佐勤王党の、あなたの先祖は、優柔不断な山内容堂に殺された。しかし、山内容堂がいたから、大政奉還が実現できたとも、いわれています。もちろん、あなただって、よくおわかりのはずだ。それなのに、人間が、何人も殺されていくのを、黙って見ている。いや、楽しんでいる。それが間違っていることは、よくご存じのはずだ」

「私をいくら、けしかけても、私は事件に関係ない。私の意図を誤解して殺人を行っている犯人を、逮捕して下さい。それで、万事解決しますよ」

「逃げるのか？」

「逃げませんよ。私の行為のどこが、間違っているんです？　教えてくれませんか」

5

私は、十津川と別れて、カフェの外に出た。

高知の町は、コロナ騒ぎの中だが、小さな集まりが生まれていた。公園や町の広場で、「よさこい」が歌われていた。

コロナに負けずに、今年は、よさこい祭りが行なわれるのだろうか。

私は、あの軽い「南国土佐を後にして」自体は、好きだ。ペギー葉山の歌が好きだ。これからの後半生を、土佐で終わろうと決めてからは、しばしば口ずさむようになるだろうと思っていた。

だが、さすがに十津川との真剣な口論のあとでは、いつまでも「南国土佐を後にして」を気軽に唄《うた》うのは、つらかった。

夜になってきたので、私は、高知駅から少し離れた飲み屋街に、まぎれ込んでいった。

店が開いていて、客がいた。

高知は、酒である。繁華街の帯屋町《おびやまち》周辺には、バーやクラブ専門のビルが建ち並んでいる。

緊急事態宣言は発出されていないが、県が飲食店に、時短営業を要請している。それでも遅くまで開いている店がある。つまり、言うことを聞いていない店があるということだ。

私は、その一軒にもぐり込んだ。土佐料理と日本酒の店である。

客は、七、八人か。

もちろん、酒も出ている。

土地の男女らしく、土佐弁が飛び交っているが、人影が見えると、急に声を小さくする。防禦《ぼうぎょ》本能みたいなものである。

さんざん政府のコロナ対策に文句をいったあと、今年の「よさこい」はどうなるか、という話題になった。

本来の「よさこい祭り」は、二年連続で中止が決まっているが、その代わりになるイベントが検討されているらしい。

「よさこい」自体に、酒がからむわけではないから、構わないんじゃないかという話になった時、一組のカップルが、店に入ってきた。

明らかに、土地の人間ではない。言葉からも、東京の人間らしいとわかった。

三十代と思える男が、目ざとく私を見た。

「加納さんでしょう！　お会いしたくて、探していたんですよ」

と、声を張り上げる。

私は、初めて会ったのに、いやな相手だなと思ったが、他の客の視線が集まってしまったので、店の奥に、二人の男女を連れ込んだ。

男と女が、一斉に名刺を出した。

世田谷アミューズメント・グループ
代表　代田《だいた》　弘《ひろし》
女の名刺には、同じ社名と、「代表補佐」という肩書があった。名前は、倉本《くらもと》ユミである。

やはり東京の人間らしいが、何をやっている会社なのか、はっきりしない。

「ずいぶん探しましたよ。加納さんと一緒に、仕事をやりたくて」

と、代田がいう。

「私は、他人と仕事をする気はないよ。ひとりが好きなんだ」

「わかります。我々だって、バカな人間と一緒に仕事をする気はありません」

「我々は、絶対に組むべきなんです。これこそ、天が与えてくれた千載一遇のチャンスですよ。この機会を逃したら、私たちは、死にます」

と、女が、叫ぶようにいう。

「とにかく、この設立企画書を、まず読んでください。加納さんに相談もせずに作ったのは、申し訳ありませんが、誰もが、びっくりする会社ですよ」

と、男が、金箔入りの文字が捺《お》された書類を、私に押しつけてきた。

「正義社　設立趣意書」

と、ある。

最初は、読む気はなかった。

だが、表紙を開けた途端に、こんな文字が眼に入ってきたのだ。

「正義社の方針
我が社は、土佐勤王党の若者たちと、二・二六で非業《ひごう》の死を遂げた青年将校たちの志に基づく。参画する者は、その志を、絶対に忘れぬこと」

それで、私は、読む気になった。

ページをめくると、「事業内容」とあった。「代表　代田弘」の名前が続いている。

事業内容というには、ちょっと変わっていた。

正義社　事業内容

皆さん、今の令和の世の中に、満足していますか？

たぶん、コロナがあっても、何とか生活できているし、適当に自由もあるし、面白いこともあるという人が、多いでしょう。

それは、あなた方が、我慢しているからなのです。毎日、歯嚙《はが》みしながら、我慢しているからです。

考えてみてください。毎日、歯嚙みすることが、多いのではありませんか。

その歯嚙みを、我が社に、お預けください。見事に、きれいさっぱり、解決して差し上げます。

もしもお疑いなら、この先を、心して読んで下さい。お疑いは、必ず晴れます。

今の日本で、もっとも不思議がられ、恐れられている人物がいます。

――加納駿次郎
この人物をおいて、他に見当たりません。なぜか？

彼が、ある人間や企業を批判し、警告の手紙を送ると、必ず二、三日中に、その人間は死に、企業は崩壊するのです。

恐るべき力です。

その加納駿次郎様を、我が社の社長に迎えます。

それが、どういうことか、わかるでしょうか。我が社は、無限の力を得るのです。

今まで、虐《しいた》げられてきた皆さん。もう、我慢する必要はありません。

我が社の申込書に、憎むべき相手の名前か、許せない企業や団体の名称を書いて、必要経費を添えて、申請すればいいのです。

その個人や企業、団体は、二、三日中に、この世から、姿を消すことになるのです。

必要経費は、料金表に記載してあります。

読み終えて呆然《ぼうぜん》としている私に向かって、男と女が、笑顔で迫ってくる。

「どうですか？ こんな金儲《かねもう》けのチャンスは、絶対にありませんよ。なぜ加納さん自身が、この世紀のチャンスを利用して、会社を立ち上げないのか、それが不思議だったのです。それで、僭越《せんえつ》ながら、こんな企画書を作らせてもらいました。加納さんには、このチャンスが、見えないのですか。殺しは、最高のビジネスチャンスなんですよ。しかも、加納さんの場合、誰かが勝手に、殺人を引き受けてくれています。こんなビジネスチャンスを、どうして見逃すんです？」

「会社にしましょうよ。簡単にビジネスになりますよ。客から、消したい人間、潰《つぶ》したい会社の注文を受けて、あとは加納さんが、その名前を書けばいいんです。『昭和維新の歌』の一節と、二・二六の青年将校の日記の言葉を書いて、封筒に入れて、相手に送りつけるだけでいい。儀式のようなものですよ。それだけで、相手は間違いなく死亡し、会社は不渡りを出し、客は満足する。それだけじゃありませんよ。世間も満足するんです。こんなチャンスを、みすみす見逃す手はありません。やりましょう」

代田と倉本が、口々にいった。

「君たちの考えは、間違っている」

かろうじて、私は、そういった。

途端に、代田弘と倉本ユミから、集中砲火を浴びてしまった。

「おかしいよ、加納さん」

と、代田が、いう。

「あんたは、自分が手紙を出すと、相手が死んでいくことに、快感を覚えているはずだよ。それなのに、おれたちが取り上げようとすると、しかめっ面《つら》をする。おかしいじゃないか」

「偽善者なのよ」

「私は、殺人を願っているわけじゃない」

負けまいと、私は、そういった。

「それなら、必死で止めるべきだろう」

「誰がやっているかわからないんだ。止めようがない」

「結局、放っておいてるんでしょう？　それなら、私たちがいうように、ビジネス化した方が、すっきりするんじゃない？」

「君たちは、間違っている」

「どこが？　殺しをやっている連中にも、分け前をやれるし、おれたちは儲かる。どこが悪いんだ？」

「とにかく、間違っているんだ」

私は、それしか反論できなかった。

あまりにも薄汚い発想だ。ひどすぎる。そう思ったが、私には、二人の手を振りほどいて、店から出るのが精一杯だった。

6

どこをどう歩いたのか記憶がないが、ようやく自宅マンションに帰ると、私は、少しずつ元気を取り戻していった。

自分は間違っていないという信念は、そう簡単に崩れるものではない。

もし、それが崩れれば、土佐勤王党に馳《は》せ参じた加納誠市郎の行動も、二・二六で決起した加納雄一郎の行動も、私が否定することになってしまう。

私は、昭和の人間として、二人の先祖の精神を、人々に広めようとしているのだ。

断じて殺人を奨励しているわけではない。

私は、机の上に眼をやった。

「昭和維新の歌」の歌詞を印刷したカード。

雄一郎の日記から書き写した、国を憂う言葉の数々。

それを豪華な封筒に入れて投函《とうかん》する。その作業に、ためらうことはない。

私は、溜《た》まった新聞を積み上げて、紙面から、死んでもいい悪党を探すことにした。

その仕事をしているうちに、何とか少しずつ、私は、自信を取り戻していった。

悪党に不足することはない。それを確認した。小悪党は、新聞に載っている奴らの、十倍も二十倍も、いるのだろう。

しかし、そんな小悪党に、忠告の手紙を送っても、仕方がない。私が相手にする悪党は、権力や財力があり、多くの民から敵と思われる連中だ。

一人、見つけた。

小川誠征《おがわまさゆき》、六十五歳。

簡単にいえば、詐欺師《さぎし》である。巧妙な宣伝で、人々から金を集めていた。それを元手に、ベンチャー企業を立ち上げ、画期的な事業から上がった利益を、出資者に還元するという触れ込みである。

それを信じて、百万、二百万と出資した人々の金が、合計二百八十億円。

その金を使って、さまざまなビジネスを展開したが、全て失敗。集めた二百八十億は、ゼロになった。

小川誠征が設立した「オガワ・ワン」は、破産した。負債だけが残り、会社には、金は一円もないという。

もちろん、数千人もの出資者は、納得できない。小川の事業は、見せかけだったのではないか。二百八十億のうち、百億円は、どこかに最初から隠しておいて、表に出ている百億円で、事業をやっているように見せかけていたのではないか。それなら、完全な詐欺である。

しかも、その表の百億円も、事業に失敗してゼロになり、残りの八十億円の出資金は、どこに消えたかわからない。遊興費に消えたのか、政界工作に使われたのかもしれない。

検察が乗り出した。しかし、捜査の結果は、不起訴だった。十分な証拠が固められなかったという。検察審査会に諮《はか》られたが、ここでも結局、強制力のある結論は出なかった。検察の捜査が不十分で、起訴相当とまで断定する材料がなかったのだ。

最初から隠されたままの、百億円以上といわれる資金が、行方不明のままである。

小川誠征自身は、金は全部使って、一円も残っていないと嘯《うそぶ》き、自分は詐欺師ではなく、起業家なのだと、しれっとした顔で、いっている。

古い財界の妬《ねた》みを買ったために、事業に失敗しただけで、もう一度、ベンチャービジネスに挑戦するというのである。

この男は、今は小さな投資会社を経営しているという。

会社の住所を調べて、私は、すぐに手紙を送ることにした。

「昭和維新の歌」の一節と、雄一郎の日記にあった義憤の言葉を、自慢の封筒に入れて、筆で「親展」と書いて、投函した。

三日後、反応があった。

小川誠征が自殺を図ったというのである。

救急車で運ばれ、一命は取り留めたが、その直後である。彼は、こんな発表をした。

「私は今後、事業から退く。それに際して、友人の女性に預けていた十三億円を、皆さんにお返ししたい」

実際に、十三億円が出てきた。そして、被害者の会に、返金されることになった。

もちろん、これは、小川が隠している金の、ごく一部かもしれない。しかし、今までビタ一文出そうとしなかった男が、十三億円もの隠し金を吐き出したのだから、これは大きな変化だと、書いた新聞もあった。

被害者の会から、私に、ファンレターのような礼状も届いた。私が、小川誠征に手紙を送ったことを、どこからか知ったらしい。

ただ、警察は、もっと厳しく、この事態を見ているようだ。

小川誠征が、自殺を図ったり、十三億円を吐き出したりしたのは、恐怖からだろう。「丸に違い鷹の羽」の家紋が入った封筒の手紙を受け取った者は、次々に殺されている。そこからの必然的な連想が、恐怖として働いたのだ。

これは悪い動きである。

喜ぶのは、いまだに不明な殺人者だけで、このままでは、事態は悪化するだけだ。

警察を代表して、私に連絡してきた十津川は、電話口で、そう語った。

第四章「加納は予行演習をやったか」

1

十津川は、まっすぐ、東京に帰った。その途中、一言も口を開かなかった。本気で怒っていたのだ。

怒りが高まると、十津川は、なぜか丸一日か二日、部下の刑事たちの前から、姿を消してしまうことがある。

今回は、丸一日であった。

十津川は、夜遅くに加納駿次郎が関わる事件の合同捜査本部に姿を現すと、黙って、壁に巨大な手描きの地図を拡《ひろ》げた。それをピンで留めて、いった。

「この地図を見ながら、私の話を聞いてくれ」

捜査本部にいる刑事たちを見回して、十津川は話を続ける。

「先日、私は、もっとも軽蔑《けいべつ》すべき男と、時間を過ごさざるを得なかった。あの間の私が、どれほど我慢し続けたことか。あの時、私は誓ったんだ。絶対に、この男の正体を暴《あば》いて、徹底的に懲《こ》らしめてやろうとね。その男の名前は、もちろん、加納駿次郎だ」

十津川は、殊更《ことさら》、強い口調でいい、刑事たちの反応を待った。

加納は、何かの組織を持っているわけではない。ひとりだが、それだけに難しい相手でもある。だから、刑事たちが、加納という人物をどう見ているか、それを知らなければならないと考えていたのだ。

十津川が黙って反応を待っていると、案の定、若い刑事の一人が、いった。

「しかし、加納という男は、今どき珍しい硬骨漢で、ひとりで世直しをしている立派な男だ、という人もいますが」

こういう甘い考えを、一つずつ潰《つぶ》していかなければならない。それが十津川の狙《ねら》いだった。

「加納は、ただ、自分の気に入らない人間に宛《あ》てて、反省せよと書いた手紙を出しているだけで、彼自身が危険を冒しているわけではない。奇妙なグループ——と私は考えているんだが——彼らが、加納の手紙を受け取った人間を殺す。悪名高い人間が制裁を受けるから、世間は喝采《かっさい》を送る。このグループは陰の存在で、喝采を浴びるのは加納だ。つまり、加納は、いいとこどりをして楽しんでいるだけで、彼自身は、一つも危険な目に遭っていないんだ」

「加納が手紙を送った相手は、必ず死んだり入院したりしていますが、確かに加納には、いつもハッキリしたアリバイがあります。強固なアリバイなので、かえって不自然な印象もありましたが、このアリバイは、なかなか破れません」

「最近の加納は、世間から喝采を浴びて、英雄気取りだ。自分にはアリバイがあるから、何の憂《うれ》いもない。自分のせいで、人が次々に殺されていることを忘れているんだ」

「加納のせいといっても、彼自身が、手を下しているわけではありません」

今度は、三田村《みたむら》刑事が、先の若手に同調するように、いった。

十津川は、秘《ひそ》かに苦笑した。若者は、どうしても世直しの英雄に共感するのだ。

「殺人だぞ」

と、十津川に代わって、ベテランの亀井《かめい》刑事が一喝した。三田村も負けずに反論する。

「加納が手紙を送りつけ、実行犯が始末する。一見、そんな繋《つな》がりを感じさせますが、いまだに両者の関係は明らかになっていません。そこが解明できなければ、加納は、今のまま、英雄であり続けるのではないでしょうか」

「それを、今から、はっきりさせるんだ」

十津川が、声を大きくした。

「どうしたら出来るんでしょうか？」

「この写真に注目してくれ」

十津川は、地図の上に、写真を貼《は》った。

「東京ですね」

と、三田村が、いう。航空写真である。

「こちらは、五十年前の同じ地区の写真だ」

十津川が、古い写真を、横に並べて貼った。

「これは、蒲田地区の五十年前の写真だ。ここよりも山手線に近いエリアは、近代的な都会になっていったが、反対側は、いわゆる煤煙《ばいえん》の立ちのぼる工業地区だった。それも、中小企業、町工場の集まりだった。加納一家も、土佐から逃げてきて、最初は川崎、それから蒲田に移って、金属加工とメッキの工場を営んでいた」

十津川は、もう一枚、古ぼけた写真を取り出すと、今度は回覧させた。

「とさ加工」という小さな看板を掲げた、町工場の写真である。手元で見ないと、看板の文字も読み取れないだろう。

「戦後、高知を追われるように逃げてきた加納一家は、川崎で小さな工場を始め、やがて借金をして、蒲田の中小企業地帯に移った。これは、その頃の写真だ」

大人がひとり、まだ幼い子供が二人、写っている。

「工場の前の椅子《いす》に、半裸で腰を下ろし、手ぬぐいで汗を拭《ふ》いているのが、加納兄弟の父親だ。そのかたわらで、メンコで遊んでいる子供が、加納兄弟だろう。高度経済成長の波に乗って、工場は拡大を続けていた。父親が死んだ後、事業を受け継いだ加納兄弟の兄も、堅実な経営で、工場を少しばかり大きくしたくらいだった。しかし、近年は、ほかの中小企業、町工場と同様に、経営が苦しく、従業員もどんどん減らしていた。幸運だったのは、工場の土地が自社所有だったことだ。土地を売れば、借金を返済しても余りある。兄の急死を機に、加納駿次郎は、中小企業経営者から、土地成金になったわけだ」

十津川は、部下の刑事たちを見回して、話を続けた。

「七つ年上の兄は、大金を使う前に死んだが、加納駿次郎は、まだ五十歳で健康だ。町工場の共同経営者をやめて、大金を握り、文化人を目指したんだ。龍馬についての論文コンテストに応募したのも、その一環だろうね。それも、ただの文化人じゃない。憂国の文化人だよ。加納には、憂国の志士を気取る資格があった。なにしろ、加納の先祖の加納誠市郎は、幕末に活躍した坂本龍馬と同じ土佐藩の郷士で、土佐勤王党に参加して処刑されているんだ。それだけじゃない。加納の祖父、加納雄一郎は、陸軍士官学校を次席で卒業しながら、政治家、実業家、そして軍部の腐敗と不正への怒りから、二・二六のテロに青年将校として加わった。そして、天皇の怒りを買い、国賊になってしまった。普通なら、これで加納家は、完全にアウトのはずだ」

「しかし、そうではなかったんですね？」

と、三田村がいうと、十津川はうなずいて、言葉を継いだ。

「理由は、いくつかある。ひとつは、日本人特有の敗者好きだ。日本人は天皇も好きだが、それに刃向かった二・二六の青年将校たちも、いまだに人気があるんだ。君くらいの若者でも、『昭和維新の歌』を知れば、どこか惹《ひ》かれるところがあるだろう。

それはたぶん、日本人特有の心情なんだ。いくら不満を抱えていても、一般庶民に、それをぶちまける実行力は、ゼロに近い。その鬱憤《うっぷん》を引き受けてくれたのが、青年将校たちだった。だから彼らは、テロと非難され、計画の杜撰《ずさん》さを詰《なじ》られながら、庶民の支持を受けてきたんだ」

「戦後に至っても、同じように国民の不満は、大きかったわけでしょう。しかし、戦後は、もちろん青年将校はいなかった。だったら、誰が、その不満の捌《は》け口を、代わりに引き受けたのでしょう？　一時の学生運動でしょうか？　でも、そんな感じはしません。歴史を見回しても、それらしき姿は見つかりませんが」

「代わりなど、いなかった。必要なかったんだ」

「では、国民は、どうしたんですか？」

「どうもしないさ。我々は、国民の隠れた力に期待したりもするが、その力の大部分は、抵抗には働かない。諦《あきら》めに流れていくんだ。夜の居酒屋で酒を求め、カラオケで悲しい曲と感傷に沈む。そうして、翌朝は、抵抗をゼロにして、軽やかに出勤していく。それで終わりだ」

「それで、あとは何もなしですか？」

「私は、最近、演歌の力に感心することがある」

と、十津川は、いった。

北条早苗《ほうじょうさなえ》刑事が、眉《まゆ》をひそめた。

「警部が、そんなことをいわれると、嫌な予感がします。変な妥協はしないで下さい」

「大丈夫だよ。これは、加納の話とは別だ。演歌は、歌詞と曲で、別れや孤独、あきらめ、悲恋や酒を歌っていく。そこへ持ってきて、最後に、どんな言葉を用意しているか。私は、それを知って、ちょっと感心した」

「最後に、どんな言葉なんですか?」

「涙、だよ」

「ナミダ、ですか」

「別れでも、あきらめでも、悲しみでもなく、涙なんだ。ナミダで終わるんだ。これで、演歌の話はやめる。これから、全員で、加納を叩《たた》く」

2

「問題の加納駿次郎だが、土地成金になったのは、ごく最近というわけではない。少なくとも、工場の土地を売る話は、以前から進んでいたと考えるべきだ。具体的にいえば、一年半前からだろう。それ以前に、加納の父親が亡《な》くなった時、遺産の持ち分は、駿次郎より、兄が二割ほど多かったようだ。つまり、売却価格に応じていえば、兄が六億円、駿次郎が五億円ということになる。その金額もさることながら、駿次郎にとって幸いだったのは、兄が亡くなったことだ。兄が生きていれば、すんなりと、工場を売却するという話が決まったかどうか分からない。兄も高知に帰りたいという希望を持っていたようだが、その一方で、工場経営への愛着も強かったようだからね。兄が急死しなければ、今も工場に縛りつけられていたかもしれないんだ」

十津川は、ひと息ついてから、話を継いだ。

「加納駿次郎は、気がついてみると、大金を手に入れた上、自分を工場に縛りつけていた父と兄が亡くなっていたんだ。五十歳にして、町工場のおやじ以外の将来を選ぶ自由を得たのだ。男の子の独立だよ。父と兄からの独立だ。たぶん、それが一番嬉《うれ》しかったんだと思うね。そうして自由になって、彼が思ったのは、代々の加納家で最も尊敬する祖父のことだった。二・二六の青年将校だ。加納駿次郎は、国を憂えていても、日本一の知識人になって人々を導きたいとか、政治家として活躍したいとか、そういうことは考えなかった。令和の病んだ世の中を、昭和の青年将校の眼で監視し、叱責《しっせき》する。それだけだ。もちろん祖父のように、テロを実行するわけでもない。中途半端《はんぱ》な存在でしかないんだ」

「しかし、今では、加納駿次郎は有名人ですよ」

と、亀井が、いった。

「今や名うてのワルでも、加納駿次郎の名前の入った封筒を受け取り、『昭和維新の歌』の歌詞を目にして、加納雄一郎の日記の一節を読むと、震え上がるといわれています。後ろ暗い政治家の中には、封筒を受け取ると、すぐに引退を宣言した者もいたそうです。そうして時間を稼いでから、適当に金を払って、殺されるのを防ぐ。その金額も莫大《ばくだい》なものになっているという噂《うわさ》です」

「そんな出鱈目《でたらめ》を許すわけにはいかないんだよ」

「しかし、そうやって脅されていた者は、金を払ったことも、払った相手の名前も、一切しゃべりませんから、解明は難しいように思いますが」

と、亀井も、弱気なことをいう。

十津川が笑った。

「相手は小さな、町工場のおやじになるはずだった男だよ。その男が、たまたま大金を手に入れ、世直しなどと大それたことを考えただけだ。それが偶然うまくいって、今では有名人かもしれないが、それだけのことだ」

「問題は加納駿次郎ではなく、彼を利用して、殺人を犯したり、脅迫で金儲《かねもう》けをしたりしているグループの存在だと思います。彼ら自体には、被害者を殺す目的がないのですから、彼らの正体をつかむのが、非常に困難なのです。今のところ、事件が起きる度に、加納駿次郎の周辺を必死で探るしかありません」

「絶対に見つけ出す」

と、十津川が、いった。

「どうやってですか？」

「加納は、五十歳になった機会に、今までの人生を捨て、生まれ変わった人生を、高知で始めると宣言した。どんな人間になるかといえば、『昭和維新の歌』の歌詞と、二・二六の青年将校の眼で、世に警告を与えながら生きるというのだ」

「少しずれているかもしれませんが、加納自身は、今のところ、その自説通りに生きています。だから、逆に困るんです。彼の本意が読めません」

「ところで、加納駿次郎は、予行演習をやったと思うか？」

十津川は、刑事たちの顔を見廻した。

返事はない。十津川は、勝手に自分で答を、口にしていった。

「私は、彼が絶対に予行演習をしていたと確信している。一年半前から、つまり、彼が五億円を手に入れる見通しが立った時からだ。時期は多少前後するかもしれないが、大金が手に入る。その見通しが立った時から、加納は、自分を変える予行演習をしたはずなんだ。加納は果断実行タイプに見えるが、私は、彼は慎重派だと思っている」

「予行演習というと、どんなことを試したとお考えですか？」

と、亀井が、首を傾《かし》げた。

「加納は、今回送りつけた封筒を、わざと高価な特注品にしている。金箔《きんぱく》を施したり、メノウをはめ込んだり、家紋を浮き彫りにしたり、大変な手の込みようだ。それを実地に作らせてみて、その効果を試しているはずなんだ」

「実地というと、どこで作らせたと思いますか？」

「もちろん、彼が日常生活を送っていた、この中小企業地帯、町工場地帯だよ」

「それはないと思います」

若い日下《くさか》刑事が、無遠慮に否定した。

「どうして？」

「加納駿次郎は、封筒やカードに金箔を使ったりして、思い切り豪華なものを作って、自分の手紙に重みをつけようとしました。そんなものを送りつけられたら、中も見ないで捨てることは出来ませんから。でも、加納の狙いは、それだけではなかったんです。あの封筒には、家紋の部分に、超薄型の無線機が埋め込まれていました。発信装置にも、受信装置にも使えます。金箔は、それから眼をそらすためでした。そんな精巧な超小型、超薄型の無線装置など、あの町工場地帯で調達するのは無理では――」

日下の言葉の途中で、十津川は怒鳴っていた。

「バカヤロウ。お前はどこを見ているんだ！」

「――」

「確かに、あの中小企業地帯には、薄汚れた町工場が、ひしめいている。大企業にいじめられて、いつもヒイヒイ悲鳴を上げている。工場が潰れて、ピンクサロンに転向した場所もある。しかし、あの地区を、じっと見てみろ。活気はないが、一つの世界を作っているんだ。戦前からの黒湯《くろゆ》の銭湯は、今も健在だ。床屋も五軒、交番も二つある。一番多いのは、印刷屋だ。年賀状やポスターなど、立派なものを今も印刷している。ハンコ屋も四軒あって、驚くほど精巧な印鑑や落款《らっかん》印まで作ってくれる。二つの自動車修理工場は、小さいが腕は確かだ。そうした古い町工場のおやじや、跡を継ぐせがれたちは、ほかの町工場のおやじや、せがれと、小学校、中学校からの仲間同士なんだ」

珍しく十津川は、しつこく、しゃべった。

丸一日かけて、蒲田の町工場地帯を歩き廻ったのだ。その成果を話すのが楽しくてならないとも見えるだろうし、日下刑事の軽い言葉に腹を立てているとも見えるだろう。

「大手のM無線の下請けを、長年やっている町工場がある。小さくて、古ぼけた造りだが、五十年の歴史がある。この工場が製造する高性能の無線機は、今のM無線でも、簡単には作れない。町工場には、それだけの技術力がある。加納が特注で作らせた、金箔を貼った高価な封筒に仕込まれていたのも、このような町工場が作った超薄型の送受信機だと、私は考えている。よく覚えておけ。加納が、自分を飾り、相手を威圧するために、特別に作らせた封筒やカードは、全《すべ》て、この町で作られたものなんだ。加納が子供の頃から遊び、馴《な》れ親しんできた町工場地帯で作らせたものなんだ。頼まれた方も、『とさ加工』の加納からといわれれば、何も疑わないだろう。だから、誰も、加納の予行演習を不思議に思わなかったんだ」

「そんな加納の自尊心と遊び心を、犯人グループは利用しているわけですね。そうなると、問題はいよいよ、殺人を金儲けの手段にしている、犯人グループの正体を突き止めることですね？」

亀井の言葉に、また十津川が怒鳴った。

「連中を突き止めるのは、おれの仕事じゃない。君たちの仕事だ。おれは、丸一日、あの地区をひたすら歩き廻った。それでも犯人を見つけられなかった。こんな事件では、刑事の眼より、素人《しろうと》の眼の方が信頼できる。そう考えて、妻の直子《なおこ》や親戚《しんせき》の高校生にも、あの町を一日中、歩き廻ってもらった。ビデオも撮ってもらった」

「それで、怪しい人物は見つかりましたか？」

十津川が怒鳴っても、若い日下や三田村は平気で、ずけずけときいてくる。

そんな刑事たちに向かって、十津川が、いった。

「一時間休む。いいか、犯人を見つけ出すのは、君たちの仕事だ。ただ、今の君たちの疲れて濁った眼では、ビデオに犯人が映っていても、見つかるはずがない」

十津川は、近くの高級スーパーから、果物やケーキ、ジュースなどを買って来させた。何を買っても、高いと感じなかった。

煙草《たばこ》も特別に許可した。葉巻やパイプも許可した。

近くにあるホテルのバーから、カクテルをテイクアウトしてもらった。年季の入ったバーテンダーが作るカクテルである。

意識がはっきりしている限り、酒も煙草も構いはしない。

ただし、酔ったら、即退場である。

一時間の休憩を終えると、十津川は黙って、捜査本部のディスプレイに映像を流した。

十津川もパイプをくわえて、じっと、加納の地元で撮ってきた映像を見つめた。

コロナ問題が起きてから、十津川は、ずっと同じことを考え続けている。それは「日本の敗者」についてである。

新型コロナは世界を蔽《おお》っている。もちろん、日本も例外ではない。

日本は「村社会」だといわれる。

村社会というなら、西欧の近代的な社会にくらべて、日本には、敗者が多いのだろうか。それとも、逆に少ないのだろうか。

十津川は、丸一日、蒲田の中小企業地帯を歩き廻りながら、やはり、そのことを考えていた。

蒲田の町工場が集中する地区は、一般的な日本社会とはかなり異なっている。

まず、競争力が弱い。資本金の小さな工場が多く、事業規模も販路も限られている。

突然、大企業が生まれる可能性はゼロに近いだろう。中小企業庁を通じて、政府の援助も大きくなったが、全体としては、零細企業が大半である。

そこで働く社員や従業員は、学歴よりも、経験が重んじられる。人数は、増えも減りもせず、貧しさも変わらない。

この地区で働く人々の意識は、どうなのだろう。

十津川が考えたのは、この地区の人々の精神的な強さと弱さである。

加納は、自尊心の満足のために、行動を起こした。その行動を、犯人グループが利用し、被害者を殺害して、金儲けのタネに使った。

加納だけでなく、犯人グループも、この町工場地帯と繋がりがあると、今では、十津川は考えていた。

加納は、子供の頃から、この町工場地帯で育ち、ここで働いてきた。高知へ帰る前の、加納の人脈は、この地区からはみ出すものではなかったはずだ。そうなると、加納を利用している犯人グループも、この地区と全く無関係とは、絶対に考えられないのだ。

だから、十津川は、丸一日、この地区を歩いた。そして、一つのことが気になった。

それに気がつくと、頭から離れなくなってしまったのだ。

それは、この地区の人々の、無気力さだった。

経済的な不利、もともとの貧しさ。それに対して、この地区の人々は、戦う意志が弱いように思えた。

十津川が、犯人と考えているのは、そうした人々とは逆に、戦う意志の強い人間である。

あからさまにいえば、そんな苦境にあっても、同じような人々を、この際、食い物にしてやろうと狙っている人間である。

敗者グループは、早々と敗北を認め、舞台から姿を消しているに違いない。顔を見て、一言話せば、彼らのことは、すぐに分かる。戦いを諦め、自ら敗者の道を選ぶ人々だからだ。

そうではない人々の中に、犯人グループは、点のように存在している。

「第一部、終了！　犯人らしき姿を見つけた者は、手を上げろ！」

と、十津川は、また怒鳴っていた。

3

刑事たちは、一人も、手を上げなかった。

しかし、今度は、十津川は怒鳴ることをしなかった。

彼自身も、犯人らしき人間を見つけられなかったからだ。

「ずっと映像を見ていたが、私も、犯人グループらしき姿が見つけられなかった」

と、十津川は、正直に、いった。

「君たちが、犯人を見つけられなくても、当然だ」

と、笑った。

張りつめていた捜査本部の空気が、十津川の笑いで、少しゆるんだ。そこに十津川は、一言、付け加えた。

「よく聞け。さっき、私は、君たちに言っておいたぞ。憎むべき犯人を見つけ出すのは、私の仕事じゃなくて、君たちの仕事だと」

「しかし、我々には、どうしたらいいか、わかりません！」

若い日下刑事が、叫び返す。

「残っているものを、遠慮なく飲んだり食べたりしながら聞いてくれ」

と、十津川は、自らも、バナナの皮をむいた。

「新型コロナウィルスが、初めて日本で暴れて、可視化されたのは、二〇二〇年二月、横浜に入港したクルーズ船の船内で、感染者が大量に発生した時だ。この時、日本の医者は、対応策がわからず、無力感に苛《さいな》まれた。感染者を船内で隔離し、狭い船室に閉じ込めることしか考えつかなかった。そこで、アメリカから、危機管理の専門家を呼んだ。来日した専門家は、次のように提案した」

十津川は、手帳を取り出して、その専門家の提案を確認した。

「当座の解決策が見えず、どうすべきかわからなくなった時、アメリカでは、通常、次のやり方で、方針を見出《みいだ》そうとする。まず、専門家を集めて、その全員を同等とする。そして、自分の考えを遠慮なくぶつけ合い、もっとも多くの賛成を得た方針を採用し、それを実行する」

手帳から眼を上げ、十津川は、捜査本部を見廻す。そして続けた。

「このやり方で、コロナ対策を決定して実行しようとしたが、突然、上の方から言葉があった。『日本では、立場をわきまえて、静かに話し合い、全て調整を尽くすのが、歴史的なやり方だ。立場や分を超えて、激論を戦わせるのは、我が国には似つかわしくない』とね。アメリカから招聘《しょうへい》された危機管理のプロは、空《むな》しく帰国した。その後も、日本の専門家会議は、議論よりも調整を主とし、日本の美風だという『長幼ノ序アリ』を第一にして、穏やかにやっている。しかし、私は、このぬるま湯的な手法は、日本のためにならないと思っている。コロナ対策に、必ず後れを取る。今回の事件についても同じだ。だから激論を戦わせる」

「対等に、ですね」

と、日下刑事が、確認するように、いう。

「もちろんだ」

「いつから再開しますか？」

「今からだ。まず、私の主張だ。一、加納が使っている『三種の神器』は、全て、彼の地元である蒲田の町工場地帯で作られた。二、加納は、地元で絶対に予行演習をやったはずだ。この二つだ」

そして、十津川の期待する激論が始まった。

「警部のいう『三種の神器』について、具体的に、これだと示してほしい。応援の刑事の中には、実際に見ていない者もいますから」

日下刑事が、大声を出した。

（声を大きくするのが、対等だと思ってやがる）

十津川は、内心で「バカ者」と思いながら、加納が今回の事件で使っている『三種の神器』を、捜査本部のデスクに並べた。
○金箔を貼った豪華な封筒。一枚一万円以上といわれる。

加納家の巨大な家紋入り。家紋は、丸に違い鷹《たか》の羽。赤穂《あこう》・浅野家の家紋と同じ。その家紋の部分は、〇・五ミリ、盛り上がっている。その膨らんだ部分に、超薄型の送受信装置が組み込まれている。町工場地帯の精密電子工場が設計・製作したものである。

〇加納の祖父、加納雄一郎や、先祖の加納誠市郎の名前が入った名刺。

加納雄一郎は、二・二六に参加した陸軍中尉《ちゅうい》。誠市郎は、土佐勤王党に参加した郷士である。名刺には、金箔が貼ってある。そこに、雄一郎が遺《のこ》した日記の一部や、誠市郎の言葉が印刷されている。

〇「昭和維新の歌」の歌詞が印刷されたカード。

戦前の若者たちが好んで口ずさんだ「昭和維新の歌」。一番から十番まであり、そのいずれかが印刷されている。カードには、やはり金箔が貼ってある。

「この『三種の神器』は、全て加納の地元、蒲田の町工場で作られたと、私は考えている。精密機器の技術を持つ町工場や、精巧な特殊印刷ができる印刷屋だ。加納は、五十年前から、この町で育ち、父や兄と一緒に働いてきた。顔なじみの町工場や商店は、いくらでもある。この地区には、郵便局もあるから、加納は、そこのポストを、子供の頃から使っていただろう。『三種の神器』を作ることから、手紙を投函《とうかん》するところまで、加納には、全てに抵抗感がなかったはずだ。こう考えてくると、一つの結論に到達せざるを得ない。加納は、単に地元というだけでなく、子供の時から馴れ親しんできた町工場の近くで、予行演習を行なった。郵便ポストまで、地元の長年使い慣れたポストなのだから、今まで何も緊張しなくて済んだわけだ」

刑事たちは、自然に、十津川のいるデスクの回りに集まってきた。

「加納の予行演習は、どんな形で行なわれたのでしょうか？」

と、亀井が、きく。

「かなり気楽にやったと思うね。場所は、子供の時から親しんだ地元だし、何も問題はなかったはずだ」

加納は、地元の公立小中学校を出ている。兄と同じ学校だ。成績は、兄より、少し良かった。このことも、令和の時代を昭和の気概で生きたいという、妙な優越感の遠因だったかもしれない。

高校は、品川《しながわ》だった。そこから、都内の私立大学の文系に進んでいる。

「その加納の予行演習の時点では、殺人は起きていないのですね?」

と、亀井が確認する。

「加納は、地元で『三種の神器』を作らせて、地元の郵便局から、どこかへ発送した。二・二六で死んだ祖父を利用して、自分を飾り立てた。それだけのつもりだったんだ」

と、十津川は、それだけ答えた。

その加納の行動が、殺人を生んでいる。絶対に許せないと、十津川は、今も激しく怒っているのだ。

十津川が全力で解明しようとしているのは、加納駿次郎と、殺人を実行している犯行グループとの関係である。

そこに近づくために、予行演習が、いつどこで行なわれたか、考えてみたのだ。

加納は、自分は一個の存在であり、令和の社会を乱す人間に対して、祖父の日記の一節や「昭和維新の歌」の歌詞を使って反省を促しているが、それ以上の要求はしていない、と主張している。相手の死は望んでいないというのである。

それが事実だとしても、犯行グループが、加納と何らかの関係があることは間違いない。加納の周辺のどこかに、犯行グループは、いるはずなのだ。

「加納駿次郎に、任意出頭を求める」

十津川は、捜査本部の刑事たちに宣言した。一気に解決に持ち込みたいと考え、決断したのだ。出頭に応じなければ、任意同行を求めることになる。

翌日、加納駿次郎は呼び出しに応じて、警視庁に出頭してきた。

弁護士同行の上だが、加納も自信満々なのだ。

十津川は、加納が高知行きの前に、予行演習をやったに違いないと見ていた。そこを追及することから、加納の人脈を辿《たど》って、突破口にしようというのが、十津川の狙いだった。

加納の予行演習は、第一段階として、「三種の神器」を郵便で遠くに送りつけることだったろう。受取人は、信頼できる友人に頼めばいい。なるべく遠くに住んでいる友人に送って、無事に届けば、予行演習は成功といっていい。投函は、いつもの地元の郵便ポストを使ったはずだ。

大金を投じて作った「三種の神器」は、確かに異様である。

一枚一万円以上する、金箔を貼った豪華封筒。家紋の盛り上がりに、厚さ〇・二ミリの空間を作り、そこに超薄型の送受信装置が仕込んである。

これが、郵便で問題なく届くかどうか。途中でなくなったり、送受信装置が壊れたりしないかどうか。

それを確認するのが、予行演習の第一段階だったのだろう。

しかし、加納駿次郎は、世間話には饒舌《じょうぜつ》に応じても、肝心の話になると、口を閉ざしてしまう。

予行演習をしたのか、その受取人が誰だったのか、もちろん明かそうとしなかった。

午後六時を過ぎたので、十津川は、取調べを中止して、夕食にした。取調べ室に、加納の食事が運ばれた。

十津川は、あくまでも丁重である。

彼から見れば、加納は、今のところ殺人を犯してはいないが、殺人の共犯である。しかも、その動機は、彼の自尊心にあるのだ。

十津川には許しがたい動機である。

加納は、世の中に害をもたらしている悪人に対して、忠告の手紙を送っているだけだという。

二・二六で無念の涙を呑《の》んだ祖父、加納雄一郎の青年将校らしい熱情を、令和の時代に生かすためだ、というのである。

そして、「昭和維新の歌」である。

当初、加納駿次郎の出現は、世間から完全に無視された。やたらに豪華な封筒や、金箔を貼った名刺は注目されたが、彼の発言を気に留める者はいなかった。単なる土地成金の話と受け取られていた。

町工場の経営に家族で苦労していたのに、大金を手にして、楽に暮らせるようになった運のいい男の話、それだけだった。誰も、加納のいうことを、真剣に受け取ろうとはしなかった。

本人にしてみれば、自尊心の傷つく経験だっただろう。

ところが、加納が告発の手紙を送った「悪人」が、次々に殺されていくにつれて、世間の加納を見る眼が、一変した。

それも、最初は、犯人扱いだった。

警告しておいて、怯《おび》えている相手を殺すのだから、ただの殺人より残酷で、悪質だといわれた。

加納を救ったのは、皮肉なことに、警察である。一つ一つの殺人事件について、加納のアリバイを、警察が証明していくことになったのだ。十津川にしてみれば、バカらしい話だが、これも警察の仕事である。

加納は、たちまち殺人容疑者から、悪を告発する世直しの英雄になってしまった。

あるいは、加納が、自らを、そうしたのかもしれなかった。

4

十津川は、取調べ室の加納を見ている。加納は、警察の用意した夕食を、口に運んでいた。

加納の身長は一七五センチ。五十歳という年齢にしては、長身の痩《や》せ型に入るだろう。

話しぶりは穏やかで、その態度から敵を作ることは少ないと思われた。意識してそうしているのか、生まれつきなのか、それはわからない。

しかし、今や、この男は、令和の英雄の一人である。

危険な英雄。

それでも、英雄に違いないのだ。

ここにきて、加納は、本も出している。

『令和の悪を昭和維新の心で叩き斬《き》れ』

これが本のタイトルである。ベストセラーになって、すでに三万部、売れているという。

十津川が注目したのは、その数字よりも、その売れ方だった。加納がサイン会をやるというので、様子を見に行ったことがあったのだ。

普通のベストセラー本の場合、サイン会の会場は、大きな書店の店内である。読者は静かに行列を作り、順番が来ると、一人ずつ、著者の前に進んで、本にサインしてもらったり、握手をしたりする。

話をするにしても、「がんばって下さい」、「次作も期待しています」と、おとなしいものである。

だが、加納の場合は、少しばかり様子が違っていた。

集まった読者は、若い男性が多く、しかも興奮していた。高揚していたといってもいい。酔っている者もいた。

そして、何人かが、叫んだ。

「昭和の心で、令和を頼みます」

「悪い奴《やつ》らを何とかして下さい」

とにかく、賑《にぎ》やかだったのだ。

十津川は、そこに、危険な徴候を見た。

まだ小さいが、明らかにヒトラーを待望する一部の声を聞いたのだ。

もちろん、まだ聞こえないくらいの小さな声だし、どう見ても、加納はヒトラーではない。

しかし、十津川は、はっきりと、ヒトラー待望の兆《きざ》しを見たのだ。

十津川は、取調べ室で向かいに座る加納を見て、改めて決意した。

この危険な男を、何としてでも排除しなければならない。

アリバイはあっても、何らかの形で、殺人に関係していることは間違いない。

考えてみれば、単純な殺人より、タチが悪い。殺人事件なのに、その犯罪が、加納を英雄に仕立て上げてしまうのだ。しかも、アリバイが確かだから、逮捕することができない。

(問題は、一つだ)

と、十津川は、考えた。

加納と、犯行グループの関係が、なかなか摑《つか》めなかった。それどころか、当初、十津川たちは、加納と犯行グループの間には関係がないと考え、加納のアリバイを証明して、事件と無関係というお墨付きを与えてしまった。十津川の失敗である。

だが、加納と犯行グループ、この二つの間に、関係がなければおかしいのだ。

加納が予告し、犯行グループが殺人を実行に移す。

その間の連絡は、どうなっているのか。

最初は、全く不明だった。

突破口は、蒲田の町工場地帯である。

加納は、新しい英雄になりたくて、「三種の神器」を考え出し、自分を飾ろうとした。

その全てが、彼自身が育った町工場地帯で作られたものだと、十津川は考えた。五億円の金と、町工場の技術があれば、加納駿次郎が自らを飾り立てるのに、十分なものが作れる。

十津川と亀井が、加納の事情聴取を行なっている間に、若い刑事たちが、蒲田の町工場地帯を歩き廻った。

そして、一番重要な超薄型送受信装置を作った工場を突き止めたのである。

それは、やはり蒲田の町工場地帯にある工場だった。

加納は、「三種の神器」の全てを、あの町工場地帯の内側で、作ることができたのである。

予行演習までの全てが、あの地区の中で可能だった。だから、秘密を守ることも容易だったのだ。

犯行グループとの関係が見えてこないのも、同じ理由からではないか。十津川は、そう結論づけた。

つまり、犯行グループは、あの町工場地帯の外にではなく、内側にいるのではないか。

十津川は、加納の学校仲間に注目した。

加納は、小中学校を、あの輪の中で選んでいる。小学校の親友、中学校の仲間、高校は品川だったが、友人の輪は重なっているだろう。

多くが、町工場の息子たちである。「三種の神器」を作るにあたっても、今は町工場のおやじたちになった、かつての息子たちが活躍したのではないか。

十津川は、加納駿次郎の半生を、改めて見直した。

五十年前、彼は川崎の工場地帯で、「とさ加工」の次男として生まれた。

そして、蒲田の町工場地帯に移り、あの地区以外の場所を知らずに、成長した。

彼は、著書の中で、自分のプロフィールを、このように書いている。

「自分は、土佐藩郷士、加納誠市郎の子孫である。すなわち明治維新に功績ありし土佐勤王党の子孫である」

加納誠市郎が土佐勤王党に入ったのは、あの坂本龍馬と、ほぼ同時期だったとも書いている。

一方、土佐藩主、山内容堂が尊王攘夷《じょうい》に反対し、土佐勤王党の弾圧に乗り出そうとした時、坂本龍馬や中岡慎太郎は、いち早く脱藩に成功した。そして、長崎や京都で活躍している。

それに対して、加納誠市郎は、明らかに逃げ遅れた。脱藩に失敗し、逮捕、斬首《ざんしゅ》の憂《う》き目に遭っている。当然だが、幕末、維新に際しては、全く活躍していない。

もう一つ、加納が、自身のプロフィールとして自慢にしているのが、二・二六事件との関係である。

昭和十一年二月二十六日に起きた、いわゆる二・二六事件は、日本の近現代史で、最大のクーデターだといわれている。

一般に、二・二六は、日本陸軍皇道派の青年将校が引き起こしたクーデターといわれている。間違いなく、加納の祖父、加納雄一郎も、二十三歳の青年将校として、このクーデターに参加している。

このクーデターは、発生直後は、世の共感を得られなかった。この青年将校たちの、見通しの甘さが指摘された。肝心の天皇陛下が、最初から、このクーデターに反対だったことにも、気付いていなかったのだ。そうしたことから、彼らの行動は、人気がなかった。

戦後になると、懐古趣味なのかもしれないが、二・二六事件そのものを見直す空気が生まれてきた。

二・二六に加わった青年将校の一人が書き遺した遺書が、平気で出版されたりもした。そこには、激烈な天皇批判が綴《つづ》られていた。

クーデターが起きた直後は、天皇のお気持がわからなかった青年将校たちが、一方的に批判されたが、今は逆に、なぜ天皇陛下は、青年将校たちの気持をわかってやらなかったのかと、天皇が批判されたりすることさえ、あるのだ。

このように、加納駿次郎のプロフィールにこだわるのは、彼が関わっている殺人事件の解決のためだった。

5

今日も加納は、警視庁刑事部捜査一課に呼ばれて、取調べを受けている。弁護士が同行してきたが、取調べには立ち会わせなかったので、十津川の目の前にいるのは、加納駿次郎ひとりだった。

加納は、五十歳を迎えて、今までの生き方を変えることにしたという。

世の役に立ちたいのだという。

何をしたらいいかと考えた末、二・二六の時に青年将校として参加した祖父、加納雄一郎の生き方を目指すことにした。

もちろん、クーデターには反対だという。

では、どうするかと考えて、毎日の新聞やテレビのニュースに注目することにした。

これは国のためにならないと思える政治家や実業家の名前を見つけると、住所を調べて、手紙を送りつけることにしたというのだ。

封筒の中には、加納が尊敬する祖父、加納雄一郎の名刺と、彼の日記の一節、「昭和維新の歌」の歌詞を印刷したカードを入れた。先祖の加納誠市郎の名刺を、入れることもあった。

ところが、その封筒を受け取った相手が、襲撃されたり殺されたりする事件が起きた。続発して、社会問題化した。

当然、加納が疑われたが、彼には、いずれの事件でも、はっきりしたアリバイがあった。

十津川は、殺人を実行する犯行グループの存在を確信した。問題は、加納と、犯行グループとの関係である。

十津川は、事件の早期決着を誓った。

今、国民の最大の関心事は、コロナである。それに伴って、世情も不安定になっている。

加納の自己満足と、それに乗じた殺人事件などは、できるだけ早く片付けてしまいたい。それが、自分たち警察の使命だと自覚もしていた。

ただ、今は壁にぶつかって、跳ね返されている。

犯行グループの姿が見えないのだ。

加納は、自分の話はするが、犯行グループについては、知らぬ存ぜぬの一点張りである。

加納がいうように、彼と全く関係のない人間たちだとすると、加納が送った手紙と、その後に起きる事件は、全く偶然の結果ということになってしまう。

そんな考えは、十津川には受け入れられなかった。

しかし、加納と犯行グループが、どう繋がっているのか、それが見えてこないのだ。

十津川は、二十五歳で刑事になった。以後は、犯罪捜査一筋で、現在は警部である。犯罪を見る眼も鍛えられたし、自分でも、若い頃より賢くなったと思っている。それでもなお、狡賢《ずるがしこ》い犯人には、欺《だま》されることがある。

今回の事件は、最悪だった。

十津川の方で、勝手に、こけてしまったという後悔があった。

加納が大金をかけた、贅沢《ぜいたく》な封筒や名刺、カードに、手もなく眼を奪われてしまったのだ。

とりわけ、家紋に隠された超薄型の送受信装置である。

加納の地元である蒲田の町工場地帯で、あんな精巧な送受信機が作れるはずがないと、十津川も当初、勝手に決め込んでしまったのだ。

先日の捜査会議で、十津川は、若い日下刑事を怒鳴りつけた。町工場を侮《あなど》っているところが見えたからだった。

実は十津川も、既に同じ失敗をしていたのだ。

十津川は、自分の思い込みに気付いて、蒲田の町工場地帯を、丸一日、歩いてみた。そして、外見は古ぼけた町工場が、日本でもトップクラスの技術力を持っていることが、だんだんわかってきたのだ。

しかし、その思い込みによって、町工場地帯の捜査が、大幅に遅れてしまった。もっと早く、そこに気づかなければいけなかった。

十津川が、日下刑事を怒鳴りつけた時、本当は、自分自身を怒鳴りつけていたのだ。

金箔を贅沢に使った、見事なエンボス加工の家紋入りの封筒。その美しく、他に類を見ない封筒作りは、あの町工場地区に店と工場を構える、戦前から続く紙工場の得意とするところだった。

それなのに、十津川は、世界的な大手文具メーカーや、銀座に店を構える高級文房具店ばかり、捜査させていたのである。

「昭和維新の歌」の歌詞を、一番から十番まで刷り込んだカード。

加納は、手に入れた五億円の土地代金を惜しげもなく使って、凝りに凝ったものにしていた。

金箔を貼るだけではない。加納は、もう一段、凝ったのである。

薄い黄金の箔に、白く輝くプラチナで、文字を入れさせたのだ。

落ち着いて考えれば、このような手の込んだ細工は、古い町工場のもっとも得意とする分野である。

しかし、十津川は、迂闊《うかつ》にも、そうしたことを全く忘れ、加納は金に飽かせて、海外に注文したものと、決めてかかってしまった。海外ルートの捜査ばかり、命じてしまったのである。

こうした捜査方針が影響して、犯行グループも、大都会や海外の人間が中心だろうと思い込んでしまった。

蒲田の町工場地帯も、東京二十三区に入っているが、銀座や六本木とは違う。都会の匂《にお》いというより、工場の匂いなのだ。

（この事件には、アルセーヌ・ルパンの匂いはしない。地元の、身内の匂いだ）

ようやく、そこに思い至った十津川は、丸一日、蒲田の町工場地帯を歩き廻った。

加納が生れ育った地区を廻り、町工場を訪ね、犯行グループの影を追った。

そして、加納の十人の親友を拾い上げていた。

いずれも、今回の事件で、一度も名前が上がったことのない十人である。

加納とは、町工場のおやじ仲間、ガキ仲間だった。

6

十津川は、捜査本部のボードに、新たに十人の名前を書き出した。

加納駿次郎の親友といわれる十人である。

同じ蒲田の町工場地帯に生まれ、地元の小学校に通い、中学も同じ十人である。加納が通った高校は品川だったが、この十人は、高校も同じだった。

1　津坂《つさか》正明《まさあき》
2　沢村《さわむら》邦夫《くにお》
3　谷口《たにぐち》祐之《ひろゆき》
4　太田《おおた》暁《あきら》
5　石井《いしい》伸一《しんいち》
6　宇野《うの》和人《かずと》
7　森《もり》一成《かずなり》
8　後藤《ごとう》和也《かずや》

9　畑中吉樹《はたなかよしき》
10　木嶋哲司《きじまてつじ》

この十人は、蒲田の町工場地帯で五十年前に生まれ、地元の小学校に入学している。その地区には、小学校が二つあった。みな、自分の自宅兼町工場から近い方になる。学校が違っても、一緒に遊びたければ、少し離れていても、歩いて行った。そして、工場の煤煙や騒音をものともせずに、暗くなるまで遊んだ。

「おそらく、この中に、今回の事件の犯行グループが潜んでいる」

と、十津川は、部下の刑事たちに、いった。

「彼らは、今まで一度も、容疑者として名前が上がったことはない。しかし、加納駿次郎が『三種の神器』を作らせたのは、地元の蒲田の町工場地帯だった。予行演習を行なったのも、同じ地元だったとすれば、犯行グループも、同様に地元繋がりだと考えるのが自然なんだ」

「その十人が、加納の幼馴染《おさななじみ》なのはわかりましたが、今は、どういう人たちなのでしょうか？」

と、若い日下刑事が、きいた。

「多くは、今も、あの地区で町工場をやっている。『昭和維新の歌』の歌詞カードを作ったのは、そのうちの一人だ。工場を潰して、今は別の土地に移っている者もいる。親から町工場を引き継いだものの、経営に失敗して、全く違う商売を始めた者もいるそうだ」

「本当に、全員、加納の親友たちですか？」

と、日下が、またきいた。

「本当だ。この十人の中に、殺人犯がいるかもしれないんだぞ。手分けして、当たるんだ」

「どうしたらいいんですか？」

「バカ！」

と、十津川が、怒鳴った。

「すぐに会いに行くんだ。遠くに住んでいる相手から、優先的に当たるんだ。旅費は、会計で貰《もら》って行け！」

刑事たちは、二人一組になって、割り当てられた相手に会って話を聞くために、そそくさと出かけて行く。

十津川は、亀井と二人で、札幌に向かった。

東京からもっとも遠くに住む、三人の男に会うためである。

太田　暁

石井伸一

後藤和也

この三人である。

三人とも、蒲田の中小企業地区に生まれている。加納と同学年だから、今年五十歳である。

太田暁は、「太田自転車」の長男である。

石井伸一の父親は、「石井玩具《がんぐ》製造」の社長だが、完全な下請けで経営は苦しく、一度ならず工場を潰していた。

三人目の後藤和也の父親は、上野の森の展覧会で、工芸部門の金賞を受賞していた。昭和天皇から表彰されたというのだ。それだけの技術があったことは間違いない。

十津川と亀井は、札幌で、三人と次々に会い、話を聞いていった。彼らの話をまとめることで、この三人が、どのように蒲田の町工場地帯から、北海道の札幌に移り住むようになったか、次第に見えてきた。

後藤和也が三人の中では一番早く、高校を卒業した年に家を出て、夜行列車で、北海道へやってきた。最初に、蒲田の町工場地帯を離れたのである。

札幌に着いた時、後藤が持っていたのは、二人用の野外テントだけだった。所持金も、一七二〇円だけだったという。

今から思うと、とにかく家を出たかった。後藤は、そう振り返っていた。

後藤は、札幌で豊平《とよひら》川の岸辺に、テントを張った。別にキャンプ場ではなかったが、誰もいなかったので、強引に設営した。

二日目に、太田が加わった。

彼も、家を出たかったのだ。

二人が、北海道の札幌を選んだのは、高校の修学旅行先が、札幌だったからである。

三人目の石井伸一は、二人から少し遅れて、札幌を目指した。遅れた分、前の二人に比べて、はるかに建設的だった。事前に準備をして、札幌ラーメンの野外営業をする「札幌ラーメン営業組合」の組合員になったのである。

石井にならって、後藤と太田の二人も、やがてアパートを借りて、同じ組合に入った。

五十歳になった現在、三人の生活は、かなり変わっていた。なにしろ、三十年経《た》ったのである。

三人の中で最初に札幌に来て、野宿をした後藤は、その二年後には、少し年下の池《いけ》西《にし》アキと、同棲《どうせい》を始めていた。アキも、東京から家出同然に札幌に来たのだった。

二人は、共働きで金を貯《た》め、屋台ラーメンは止《や》めて、札幌市内の商店街で、小さなラーメン屋を始めた。娘が一人いるという。

次に札幌に来た太田暁も、五十歳の現在、同じように東札幌で、家庭を持っている。

この年齢は、一方で、加納駿次郎のように、今までと違った生き方をしたいと考えるのかもしれないが、普通は、家庭を持って落ち着いているのだろう。

太田も、東札幌商店街の一角で、札幌ラーメンの店を出していた。

こちらは、七歳の男の子と、四歳の女の子の父親だった。地元の娘との結婚だという。遅い結婚だったのかもしれない。

十津川は、二人の経済状況を、厳密に調べた。

二人とも、ラーメン屋は、特に流行《はや》ってもいないが、潰れかかっているというわけでもなさそうだった。東京よりは家賃も安いから、生活に困っている様子はないが、殺人で儲けているようにも見えなかった。

三人目の石井伸一は、二人とは違う仕事を選んでいた。

「年賀状、ポスター、パンフレット
印刷承ります　印鑑も承ります」

昔も今も、あの蒲田の町工場地帯には、特別な技術を持った人々がいて、それを仕事にしていた。

印刷屋が、その一つである。

かつては、年末になると、年賀状の印刷で大忙しだった。

今では、年賀状はパソコンで印刷する人が多くなった。パソコンがなかった頃は、漫画や小説の同人誌の印刷も、こうした町の印刷屋が引き受けてくれたものである。

石井伸一は、札幌の地で、蒲田の町工場が得意とする仕事をやっていた。

こうして、三人の現在を確認することができた。

しかし、三人とも、口を揃《そろ》えて、最近、加納と連絡を取ったことはないという。

もちろん、あの豪華な封筒を受け取ったことも、ないというのだ。

（やはり、問題は、超薄型送受信装置だ）

と、十津川は考えていた。

厚さ〇・二ミリ。送受信両用。

この優秀な部品《ピース》は、加納の地元の小さな町工場で作られたのである。

加納は、あの豪華な封筒に、このピースを忍ばせて送り付けたことを、最初は肯定も否定もしていなかった。しかし、今は、全面否定である。

ピースを作った町工場で聞いても、ネットで注文を受けたので、注文主が誰なのか、わからないというのだ。もちろん、加納に口止めされているに違いない。

十津川は、どちらも全く信じていない。

このピースを、加納駿次郎は、何の目的で使ったのか。問題は、この一点である。

犯行グループとの連絡に使っていたのか。

それとも、加納には別の目的があり、そのために使うピースを、犯行グループが利用したのか。

十津川は、加納の十人の親友全員を洗うことに、全力を注いでいた。

今のところ、彼らは、加納の昔からの友人というに留まっている。事件との関係が浮かび上がってこないのだ。

しかし、肝心の加納駿次郎が信用できないとなると、同じように親友たちも、簡単には信用できないのだ。

部下の刑事たちから、次々に報告が上がってきた。

十津川と亀井刑事は、札幌で、三人の男たちの供述の裏付けを取っていた。新しい材料は出てこない。まだるっこしい時間の連続だった。

「日下です。京都に来ています」

と、若い日下刑事の声が、亀井のスマホに飛び込んできた。

「畑中吉樹には、会えたのか？」

十津川が、遠くから、きく。

加納の親友の中で、畑中は、特異な存在だった。

畑中は、親から継いだメッキ工場が倒産し、加納の「とさ加工」で働いていた。もともと持病のあった畑中は、コロナを非常に恐れ、ノイローゼのようになっていたという。

加納が「とさ加工」を畳んでからは、京都の喜信寺《きしんじ》に入って、ほとんど外に出ない生活をしていると聞いていた。それを突き止めるまでに、時間がかかったのだ。

今回、日下とコンビを組ませたのは、北条早苗刑事である。畑中の状況を考慮して、女性の方がいい場合があると考えたのだ。

その北条早苗の声が、亀井のスマホから聞こえる。

「残念ながら、畑中吉樹には、話を聞けません。我々に会う直前、自殺しました。自殺です。聞こえますか？　警部？」

第五章「死が見えなくなる研究」

I

このところ、十津川にとって、腹の立つことばかりである。

最初は、自分に腹が立ち、次に、部下に腹が立ち、そして、今は、本来好きなはずの職人たちに、腹が立っていた。

今、捜査線上に、十人の男たちがいる。

加納の、子供の頃からの友達である。

十津川が、簡単に調べただけでも、若い頃に町を出た者もいるが、その多くが、町工場の親方か、職人だった。

戦後、蒲田の工場地帯で、延々と、ほとんど同じことを、代々やっているのだ。

その中で、加納だけが土地成金になった。たまたま工場の敷地が自前で、しかも借金の抵当に入っていなかったから転がり込んできた幸運である。

その加納だって、父親の代から「とさ加工」である。土地を売って、この町から逃げ出したが、今でも同じ金属加工業を営んでいたかもしれないのだ。

この町の職人たち、町工場の親方たちは、いい腕を持っている。加納は、その腕を買って、千通のぜいたくな封筒とカード、和紙や名刺を作らせた。

彼らの技術は、たとえば花押《かおう》から窮極の細字の印刷まで、その粋を極めている。何よりも、あの超薄型の送受信機も、この下町の工場地帯が生んだものなのだ。

十津川が調べたところ、このコロナ禍以来、彼らの収入も減っていた。十津川が、それをいうと、彼らは笑って、

「仕方がありませんよ。大量生産の設備もないし、注文が減りましたから、覚悟はしていました」

と、いう。

「皆さんの技術は素晴らしい。それなのに、自分から値下げしたりする。自分から貧しさを求めるのは、間違っています。稀少《きしょう》な技術を持っているのだから、この際、値上げすべきでしょう。そうやって、自分を守るべきですよ」

十津川が説得しても、彼らの態度は変わらない。

「いろいろ新しいことも考えているのですが、大量に売れるようなものではありません。それは自分の才覚の不足ですから、誰を恨む筋合いでもありません」

「しかし、新しい製品を、考えてはいるんですね？」

「考えました。でも、資本が少いせいか、大きく売れるようなものにはならないんです」

そういって、町工場の人々は笑う。

「とにかく、見せて下さい。皆さん全員が、いろいろ考えたのでしょうから、ぜひ説明して下さい」

十津川は、最初に声をかけた津坂の工場から、見せてもらうことにした。

案内してもらいながら、十津川は、水を向けた。

「京都の寺で自殺した畑中さんのことは、よく知っていたんですか？」

津坂は、うなずいて、いう。

「もちろんです。彼も『とさ加工』で働く前は、自分でメッキ工場をやっていたんです。優秀な腕の持ち主でしたが、自分に厳しすぎたのかもしれません」

津坂の工場は、加納の注文を受けて、封筒を作っていた。金箔《きんぱく》やメノウを使った、あの豪華な封筒である。

「もう、あの封筒の生産はやめました。加納さんに、これ以上買っていただくわけにもいかないので」

「もったいないじゃありませんか。ああいう封筒の需要は、まだまだあるでしょう」

と、十津川がいうと、津坂は首を横に振る。

「何か、加納さんに申し訳なくて」

「それは、貧乏人根性というものですよ。自分から仕事を減らして、自分を貧しくしてしまう。その技術と才能を生かして、どんどん儲《もう》けるべきです。どうして自分から貧しくなろうとするんですか？」

十津川が、とがめるようにいうと、津坂は微笑した。

「なぜかわかりませんが、ほっとするんです。儲けることを考えるより、値下げを考える方が」

「それでは永久に豊かになれませんよ。儲けて何がわるいんですか。それとも、貧乏が趣味ですか？」

十津川は、挑発するように、いった。

「うちは、封筒だけではなくて、いろいろな紙の研究をしているんです」

津坂は、いうと、一枚の焦《こ》げ茶色の紙を持ってきた。大きさは、三十センチ四方くらいか。

「コーヒー」

と印刷されている。十津川は、首をかしげた。

「これを、どうするんです？」

「コーヒーが飲みたくなったら、この紙を畳んで、皿の上に載せます。そして、その上にコーヒーカップを載せて、インスタントコーヒーの粉と、お好みで砂糖やミルク、それに水を入れます」

「水で、いいんですか？」

「コーヒーカップの重みで、紙が自然に燃焼を始めるんです。その熱で、カップの中の水が、お湯になるわけです」

「ちょっと、危なっかしいような気がしますね」

「この紙のいいところは、完全燃焼して、燃えカスが全く残らないことです。見ていただければわかりますが、きれいに完全に燃えて、燃え残りも燃えカスも全然ありません」

津坂の説明の通りだった。

十津川は、コーヒーカップに手を伸ばした。把手《とって》は熱いというほどではないが、ほのかに湯気が上がり、コーヒーの香りが漂ってきた。

「すばらしい」

十津川は、コーヒーカップを口元に運んだ。

「この紙は、コーヒー以外にも、用途があるんですか？」

「もちろん、いろいろ使えますよ。うどんやそばも、これで作れますし、焼肉だって出来ます」

津坂は、さまざまな大きさと色の紙を持ってきて、十津川に示した。料理に合わせた色になっているようだ。

「いろいろ、あるんですね」

「温める料理なら、何にでも応用可能です」

「売れたでしょう？」

「それが、売り上げゼロです」

津坂は、また笑う。

「どうしてです？　こんな素晴らしい発明が、何で売れないんです？　百枚の紙で、百の料理が作れるのに」

「コーヒーのデモンストレーションをやったんですが、価格が高いといわれたんです。この紙は、普通の紙に特別な処理をしていますが、材料の紙代を計算し忘れていたこともあって、コストが上がってしまったんです」

「いくら上がったんですか？」

「このコーヒー用の紙が、一枚五十円です。材料の紙代に、加工費を足すと、小売値では、五十円になります。それが高いといわれました」

「それはそうでしょう。普通の紙とは違うんだから。そもそも、研究費、開発費だって、かかっているわけでしょう」

「しかし、高いといわれては、どうしようもありません。紙代をコストに入れなかったのは、私のミスですが、値段を下げたら、赤字になってしまいますからね」

「それで、どうしたんです？」

「販売を止めました。お祭りや《ゃ》スーパーの大売出しなど、人目を引くイベントの時に、たまに問い合わせがあるくらいです」

「駄目だよ、それじゃあ」

十津川は、思わず、大声を出した。

「視覚効果が素晴らしいじゃないですか。大々的に宣伝すれば、絶対に売れますよ。マッチやライターを持ってなくて、温かいものが食べられなくて困ることは、誰にでもあります。災害の時にも、大いに役に立つじゃないですか。宣伝すれば、いくらでも売れますよ。どうして、最初から尻込《しりご》みしてしまうんです？　そんなことでは、この工場地帯で、ますます貧しくなってしまいますよ。私はね、素晴らしい技術を持っている皆さんに、豊かになってほしいんです」

「しかし、コストのことを忘れていたのは、どう考えても私のミスです。一枚売るごとに、赤字になってしまうのでは、商品として成り立たないんです。商品として、マイナスなんです」

「そのマイナスを、宣伝に使えばいいんだ。この美しい紙は、普通の紙より高いが、戸外で、マッチもライターもなくても、温かくて美味《おい》しいコーヒーが飲めますとね」

十津川が、強くいっても、津坂の表情は穏やかだった。

「では、こちらへどうぞ」

と、津坂は、いうと、工房へ通じる大きな扉を開けた。

強烈な紙と薬品の匂《にお》いが、鼻孔を襲ってきた。職人が一人、働いていた。

工房の壁に、一枚の紙が下がっている。

「いかにして、日本一やわらかく、同時に、日本一強靭《きょうじん》な紙を作るか」

そう書かれている。

「そんな紙が、できたんですか？」

と、十津川が、いうと、津坂が、弾んだ声を出した。

「ほぼ完成しました。たぶん今の段階で、日本一やわらかく、日本一強い紙が完成しました」

「それは素晴らしい。まだ、どことも契約していないでしょうね？」

「昨日、完成したばかりです。今、チェックしていますが、問題はなさそうです」

津坂の指示で、職人が、ひとかたまりのブルーの紙を、デスクの上に載せた。

「これが、日本一、やわらかい紙です」

と、津坂はいい、実演に移った。

「ご覧のように、均一の厚さで、普通の紙として使えます。ハサミで裁断することも可能です」

職人が、さまざまな形に、一枚の紙を切っていく。津坂が解説する。

「この紙の素晴らしさは、こうしてバラバラに切ったあと、切り口をくっつけると、また一枚の紙に戻ることとです。日本一のやわらかさを持っているから、こうした復元性があるのです」

「日本一の強さというのは？」

と、十津川が、きく。

「お答えする代わりに、今度は、強靭さのテストをやりましょう。紙を広げたまま、冷蔵庫に入れて、五分後に取り出します」

職人が、その通りにした。冷蔵庫から取り出した紙を受け取って、津坂が、いう。

「特徴的なのは、全く冷たくなっていないことです。冷たくなる代わりに、紙を構成する分子が、強固に結びついて、鋼鉄以上の硬さになっているのです」

一枚の紙。

透き通るほどの薄さ。

しかし、金槌《かなづち》を手渡された十津川が、思い切り振り下ろしても、金槌は、跳ね返されてしまった。

反動に顔をしかめながら、十津川は、いった。

「素晴らしい。この紙が日本一強靭なら、紙で家が建てられますね。透明感があるから、外の光も入ってくるでしょう。この技術を大事にして、絶対に有利な取引に利用してください」

津坂の顔を見ながら、十津川は、言葉をつづけた。

「私はね、皆さんを見ていると、歯がゆくて仕方ないんだ。将来の都市計画で、この工場地帯は、豊かな住宅地区になるかもしれない。しかし、工場地帯として、今のままで豊かになれるんですよ。なぜ、それを目指さないんですか？」

「ですから、コストが」

「これだけの技術を、持っているんでしょう？」

「この紙も、研究するのはいいのですが、いざ売るとなると、またコストの問題が出てきそうなんです」

「わかりました。とにかく、あのコーヒーを淹《い》れられる紙を二十枚、売ってください。刑事たちにも見せて、口コミで広めて見せますから。待っていて下さいよ、逃げないで」

2

津坂の工場の隣りは、ハンコ屋だった。

こちらは物静かな雰囲気で、主人の谷口は、なぜかニコニコしていた。

「国が役所のハンコを廃止すると言い出したでしょう。あの時は、びっくりしましたよ」

「いよいよ、ハンコがなくなると思いましたか？」

十津川が、いうと、谷口は笑って、

「逆ですよ。それを発表した政府は、本当におかしくなったんじゃないかと思いました」

と、いう。

「どうしてです？」

「日本の役人の仕事の半分は、ハンコを押すことなんですよ。そんな大事な仕事を、自分でなくすんですか。失業したいんですか。そんな馬鹿《ばか》なまねを、日本の役人がするはずがないでしょう」

津坂の紙工場で作られた封筒には、この谷口が、家紋を印刷していた。谷口のハンコ屋は、特殊なエンボス加工に、超薄型の送受信機を埋め込む技術を持っていた。それを知っていた加納が、家紋の印刷を発注したのだ。

「津坂さんのところでは、もう、あの封筒を作らないそうですね？」

「ええ、ですから私も、もう家紋はやりません。加納さんに、悪いですからね」

谷口も、津坂と同じことをいう。

「でも、こちらも何かやらないわけにはいかないでしょう？　何か考えているんですか？」

と、十津川は、いった。

「動くハンコの開発を始めました」

「動くハンコ、ですか？」

「正確にいえば、動く活字と、見えるハンコです」

「ますます、わかりませんね」

十津川は、首をひねる。

谷口は、奥から一つの箱を持ってきた。

「これは、十月一日の午前一〇時〇〇分から一〇時四二分の間に、外務省の裁断機《シュレッダー》、

F909によって細断された紙片です」

箱の中には、細長く裁断された紙が、無数に詰まっている。

「これでは、何が書いてあるのか、読むのは不可能ですね」

「外務省の役人も、そう信じて、私の知り合いの外部業者に処分を依頼したんでしょう」

「そうではないと？　読めるんですか？」

「条件によります。同じ日に、続けて裁断されていることが条件です。それに、裁断機のスピードが一定であること。こうした条件を満たしていれば、読み取ることが可能な機械を開発しています。これから、この機械のテストをやってみましょう」

「どんな原理で動くんですか？」

「裁断された何千という紙片を、この機械の中に入れます。いずれも同じ大きさに見えますが、ミクロンの単位の世界では、大きさも形も、微妙に違うのです。それを手掛かりに、ジグソーパズルを完成させるように、原文を再現できるのです。また、日本語では、漢字とひらがな、カタカナは、形が大きく異なります。それを拾っていけば、文章を再現できる可能性があるのです。ともかく、試してみましょう」

外務省自慢の裁断機、F909で細断された紙片を、谷口自慢の復元機TOTRO

に入れる。紙片が攪拌《かくはん》され、センサーとスキャナーが走査していく。
一回目の検証結果が、液晶画面に表示された。
何の文章もできていない。
だが、谷口は楽しんでいる。
二回目の検証結果。
いくつもの断片的な文章が、ハイスピードで液晶画面に現れ、消えていく。
そのスピードが次第にゆるやかになり、少しずつ、画面が固まっていく。
そして、恐るべき文章が現れた。

「二〇二一・一〇・〇一
米国大統領と、日本の内閣総理大臣は、次の約束をした。
一〇・〇一から一ヵ月以内に、大陸間弾道ミサイル十発と、それに装塡《そうてん》できる核弾頭十発を、沖縄の米軍基地に配備する。
この内容は、当分の間、最高機密とする」

十津川は、谷口を見た。少し蒼《あお》ざめた顔になっている。

「これは、どういうことですか？」

谷口が、また笑った。

「遊びです、遊び。一円にもなりません」

「どういうことです？　外務省が破棄した文書に、沖縄へのミサイル配備と、核持ち込みが書かれているんですよ」

「どうせ誰も信じませんよ。日本政府やアメリカ政府に確認してごらんなさい。核も、弾道ミサイルも、沖縄には何の関係もないと否定するに決まっています」

「それなら、中国や北朝鮮に、この情報を流してみたら、どうですか。大騒ぎになりますよ」

「さあ、それは、どうですかね」

と、谷口は、いう。

「しかし、この文書で、真実が明らかになれば——」

「真実は、必ずしも、世界から歓迎されるとは限らないのですよ」

「そんなはずはない」

と、十津川は叫んだ。

しかし、谷口は、醒《さ》めた顔をしている。こんなにすごい発明をしたのに、まるっきり関心がないように見える。

（これこそ、大変な金になるはずだ！）

十津川は、そう考えたが、谷口は、どこか諦《あきら》めた笑みを浮かべている。

無言で十津川は、谷口のハンコ屋を出た。そして、軍事や外交に詳しい友人の古森《こもり》に、スマホで電話をかけた。

「その文書は、本物だと思うよ。それどころか、沖縄には、既に弾道ミサイルと核弾頭が配備されていると、私は思う。それを正式に追認するのが、その文書だろうね」

と、古森は、いうのだ。

「どうして、そう思う？」

「弾道弾と核があって初めて、沖縄の基地は、抑止力を発揮するんだ。それがなければ、北朝鮮も中国も、沖縄の米軍を無視できる」

「それなら、谷口の新発明によって、沖縄に弾道ミサイルと核が置かれることが暴露されたら、どうなるんだ？　沖縄への核配備が明らかになれば、日本政府にとっては、大打撃だろう？」

「そこが、難しい」

「どうして？」

「当然のことだが、北朝鮮も中国も、沖縄に弾道弾と核が持ち込まれていることは、知っているんだ。それが常識だからね。しかし、向こうにとっても、知っているぞと公表すると、話がややこしくなってくる」

「よくわからないな」

「この二つの国家を巡っては、アメリカ本土を直接狙《ねら》う大陸間弾道弾と、そこに取り付ける核弾頭の話が、しきりに取り沙汰《ざた》されている。アメリカ本土に加えて、もし沖縄の核配備を真剣に気にしたら、そちらに向けても、核兵器で対応しなければならない。軍事的、政治的リソースを割かなければならないし、偶発的な事態も心配しなければならなくなる。そこで、北朝鮮や中国は、わざと沖縄を無視している。その方が、この核の時代の均衡、平和を保ちやすいからだ」

「じゃあ、谷口が再現した機密文書は、何の役にも立たないのか？」

「誰からも無視される。日本政府は、もちろんフェイクだと否定するし、北朝鮮や中国は、あえて知らん顔をするだろう。その方が平和だと、みんなが知っているからだ。本当の平和かどうかは、ともかくとしてね。気の毒だが、必要のない発見をしたというところだ」

電話口で古森は、醒めた声で、いった。

3

十津川は、この工場地帯で、一番、金になりそうな工場を訪れた。

例の超薄型送受信機を、開発・生産している工場である。

この一帯でも、真新しく見える工場で、「令和通信」という看板を出していた。その看板も、真新しい。

それは、問題の通信装置が、一層、進歩していることを示すように、十津川には感じられた。

宇野和人が、この令和通信の社長だった。津坂や谷口と同様、加納の親友、十人の中のひとりである。

社員は五人。その中には、十人のリストに見たのと同じ苗字《みょうじ》があった。加納の親友たちの息子なのかもしれない。

十津川に、宇野がまず見せてくれたのは、一枚の白い布だった。

白い布にしか見えなかった。

「よく見て下さい。この布の中に、三台の通信装置が隠れています」

と、宇野が、いった。

加納が作らせていた封筒には、家紋を印刷した部分に、超薄型の送受信機が埋め込まれていた。

家紋でカムフラージュされていたが、家紋の部分をよく調べれば、通信装置の存在がわかった。逆にいえば、家紋でカムフラージュする必要があったのだ。

だが、今回の布は、どれだけ凝視しても、布と送受信機との区別がつかない。

それだけ送受信機は薄く、柔らかくなり、布と区別できないほどになっていた。

その超薄型の送受信機は、布だけでなく、さまざまなマテリアルに取り付けたり、織り込んだりすることができる、と、宇野は、誇らしげに説明した。

その小ささ、薄さは、おそらく今の日本で作られる送受信機で、一番だろう。

（それだけでも、売れる）

と、十津川は思った。

十津川は、とにかく彼らに豊かになってもらいたかった。

素晴らしい技術の持ち主なのだ。豊かになる資格がある。

それなのに、なぜか彼らは、豊かになろうとしない。

それが、十津川には、歯がゆくてならなかった。

何よりも歯がゆいのは、彼らが最初から、自分たちは駄目な人間だと思い込んでいることだった。それを口にすることだった。

貧乏なのは仕方がない、貧乏でいる方が気安い——彼らは、そんなことをいう。

これでは、絶対に、今の時代に豊かにはなれない。ますます貧しくなるだけである。

しかし、この超薄型通信装置は、誰が見ても儲けるチャンスであり、プラス材料である。

「さぞかし、たくさんの引き合いがあったんじゃありませんか」

と、十津川が、きいた。

ところが、宇野は、

「引き合いは、ありません」

と、いうのだ。

「なぜです？　こんなに小さく軽くて薄い送受信機なら、どんなものにも応用できるでしょう。服にだって、ブランド物のバッグにだって、取り付けられる。いくらでも需要があるはずですよ」

十津川は、説得するように、いった。

ところが、宇野は、なぜか津坂や谷口と同じように笑って、いうのだ。

「この送受信機を加納さんに提供した時、一つの契約を結んでいるのです。単価や納期、補償についての条項はもちろんですが、その中に、『今後、この送受信機の改良品を、優先的に提供する』という条項が入っていました。つまり、加納さんに優先的に提供しなければならない、ほかに売ることはできないのです」

「それなら、加納に連絡して、ほかに売る許可をもらえばいい。契約の条項を、削除することだって、できるんじゃありませんか」

十津川は、あっさりいったが、宇野は、また笑った。

「それが、笑ってしまうのです。この契約は、一年間有効で、誰にも破ることはできないのです。改良しようと思えば、加納さんに納入するしかないのです。まあ、今年いっぱいは、無理でしょうね」

と、宇野は、他人事《ひとごと》のように、いう。

「それでは、この新しい通信装置は、加納にだけ、納入しているんですか？」

「加納さんは、我々の作った通信装置付き封筒を、千通も発注してくれました。まだ、試作段階といってもいい時期で、開発資金も不足していましたから、とても助かりました。今は、この新型の送受信機を、以前納入した封筒の送受信機と交換するよう、頼まれています。新型の方が、性能がいいですからね。もちろん、そのための費用も払ってくれていますので、我が社としては、感謝しています」

「しかし、それでは、大きな利益は出ないのではありませんか？」

「今年いっぱいは、加納さんとの契約が残っていますからね。なんとか生活はできますよ」

あくまで宇野は謙虚なのだが、十津川には、その控えめな態度が、やたらに腹立たしいのだ。

十津川の眼には、彼らは芸術家とさえ映っている。それでいて、どうしてここまで謙虚すぎるのか。

彼らは、秀れた技術の持ち主だし、コロナ禍にもかかわらず、たゆまずに、その技に磨きをかけている。

それなのに、貧しい。前より、貧しくなっている。おそらく、宇野は、息子二人を大学にやるのにも、四苦八苦しているのだろう。

それも、自ら求めて、貧しくなっているように見えるから、十津川は、腹が立つのだ。

十津川は、隣りの工場を覗《のぞ》いてみた。少しでも、楽しいことがあればと思っていた。

そこは、人工皮革の研究・開発をしている沢村の工場、というより工房だった。

動物の革の匂いは、全くしない。

むしろ、そこに籠《こも》っている匂いは、津坂の工場に似ていた。ケミカルの匂いだ。

しかし、棚に並べられた皮革は、本物の牛革やヘビ革と遜色《そんしょく》ないように、十津川の眼には見えた。

「これで、本物の革に比べて、いくらくらいになるんです？」

と、十津川は、きいた。沢村は、

「ああ、ずっと安いですよ。十分の一以下です」

と、いう。

「それなら、ずいぶん売れるんじゃありませんか？」

「今の消費者は、眼が肥えてますから、なかなか、そうも行かないんですよ。むしろ、本物なら、高ければ高い方が、売れるかもしれません」

「しかし、本物そっくりに見えますよ」

「本物よりも、ずっと丈夫です」

「やっぱり、売れるはずでしょう」

「丈夫ならいい、というわけでもないんです。壊れないと、なかなか買い替えてもらえないんですよ。だから、さっぱり売れません」

「困りましたね。新しいことを考えないと、貧乏になるばかりじゃないんですか？」

と、十津川が、いうと、沢村の眼が、一瞬、光ったように見えた。

「考えてますよ。うまく行ったら、お知らせします」

「絶対に知らせてくださいよ」

沢村に念を押して、十津川は外に出た。

次は、和式の弓矢の製造工房である。

この工場地区には、何でもあるのだ。たぶん、鎌倉《かまくら》あたりから、戦後、この地区に流れてきて、弓矢製造を始めたのだろう。

社長の木嶋は、真面目《まじめ》に弓道に励み、段位も持っていると聞いていた。

工房の横に、三十メートルほどの長さの試射場がある。木嶋に教えられながら、学生が、矢を射ている。

十津川は、練習の合間に、木嶋に声をかけた。

「木嶋さんなら、弓を使わずに、的に届きますか？」

以前から、知りたかったのである。

「矢は、遠くまで届くように作られています」

と、木嶋はいい、さまざまな矢があることを説明した。

「私が好きなのは、やはり鳥の羽根と竹を使った、素朴な矢ですね。山へ行けば、そこで作ることもできますから。うちのような工房で、機械で作る矢は、本物じゃない」

木嶋は、三本の矢を選んだ。

いずれも竹と羽根だが、矢尻だけは、さすがに金属が使われている。

四枚羽根一本。

三枚羽根二本。

「四枚羽根の矢は、回転せずにまっすぐ飛びますが、風に弱い。三枚羽根は、回転しながら飛ぶので、風に強い。私は、自然が生きている方が好きでね」

十津川が、その言葉の意味を解しかねている間に、木嶋は、一本の矢を手にして、約三十メートル先の的に、投げようとした。

しかし、ふいに手を止めると、別の矢に持ち替えて、今度は迷わずに投げた。

十津川の耳元を、唸《うな》りを上げる矢が通過し、遠くに見える的の、中心部に突き刺さった。

学生たちが拍手する。木嶋は、ちょっと照れた顔になっている。

「途中で、矢を変えましたね。あれは？」

と、十津川が、きいた。

「三枚羽根の矢は、羽根の付け方によって、回転の方向が逆になるんです。投げようとした時に、的の近くの空気の流れが、違って感じられたので、咄嗟《とっさ》に、別の矢に変えました」

十津川は、的に近寄ると、的山の砂に矢が突き刺さった深さを、指で測った。

4

十津川が最後に向かったのは、多摩《たま》川の河原に面した、ドローンの工場だった。

そこでは、ドローンを使った、荷物運搬のテストをやっていた。玄関先まで、宅配するテストである。

これは当たり前のテストだが、十津川が異様に感じたのは、河原のもう半分で行われていた、もう一つのテストだった。

荷物を運ぶドローンは、いかに水平に飛ばすかが問題になる。荷物を崩さず、落とさずに運ぶのが、重要だからだ。そのためのテストは、日本中でやっている。

しかし、この多摩川の河原の一角では、もう一つのテストが行われていた。水平飛行訓練ではなく、ドローンの機体を斜めに傾けて飛ばすテストだった。

一機だけではない。全機が、右に左に、機体を傾けて飛んでいるのだ。

十津川が、奇妙に感じながら見ていると、「東都ドローン」の森社長が近づいてきた。

「びっくりされたかもしれませんね」

森は、十津川の不審を読み取ったかのように、いう。

「物資を運ぶといっても、水平飛行だけで行けるとは限りませんからね。うちでは特に、山での遭難者に、薬や無線機などを届ける訓練をしています」

「確かに、そういう難しいケースもあるかもしれませんが、そんなに需要があるでしょうかね」

と、十津川は、思わず、いってしまった。

「今のところ、都会のビルの谷間に、物を届けてくれという仕事が、一件、あっただけですね」

森は、涼しい顔をしている。

これも、赤字を出すこと間違いなし、の仕事だろう。

森は十津川から離れて、危険なドローンの飛行テストを指示している。その後ろ姿を見ながら、十津川は考えていた。

(この連中は、何をやっても、損をする。ひょっとすると、それが快感なのかもしれない。

そうでなければ、生まれつき、金儲けが下手なんだろう。どちらにしても、このコロナ禍で、ますます生活は苦しくなるはずだ。

その点、おれは、刑事というサラリーマンだから、コロナでも、別に生活が苦しくなるということはなかったが)

十津川の思考は、自然にマイナス方向に流れていく。無意識のうちに、十津川も、日本人的思考に落ち込んでいるのかもしれない。

プラス思考には、勢いが必要だが、マイナス思考は楽なのだ。自分で自分に抵抗しなくて済むからである。

(そういえば――)

日本人という言葉から、スムーズに思考が滑っていく。

(コロナで得をした日本人なんか、ひとりもいないんじゃないか。

なぜか？

日本人でなければ、この機に乗じて儲けてやろうと考えるはずだ。たぶん、世界の三分の一くらいは、そう考える。

百人中、百人が、コロナ禍を絶好の金儲けのチャンスと考える国もあるだろう。何年かすれば、そういう連中が、世界中にあふれかえってしまうかもしれない。

だが、日本人は——）

九九パーセントは、こんな時に金儲けを狙うのは間違っていると、考えてしまうのだ。

それは、日本人がマゾヒスティックだからではないか。最近の十津川は、そう考えてしまう。

工場地帯の、あの連中と会っているせいかもしれない。

「営業が結局うまくいかなくて、損をしてしまった」——彼らが、そう口にする時、なぜか、ほっとした感じに見えるのだ。

あれは、不思議だった。

なぜ、損をしたのに、笑っているのか。

それが不思議だったが、今は、わかってきたような気がする。

彼らは、損をしたから、笑っていたのではないのだ。コロナ禍にあって、九九パーセントの日本人は、損をした。彼らは、自分も、その九九パーセントの人々と同じように損をしたことに、ほっとしていたのだ。得するよりも、損をして、ほっとするのだ。九九パーセントと同じだったことに、ほっとするのだ。

こんな国民がいるのだ。

コロナが猛威をふるっている間、十津川は、テレビに映る市井《しせい》の人々を、注意深く見ていた。

コロナに乗じて、大儲けをしたと、笑顔を見せる人は、ひとりもいなかった。誰もが、損をしたこと、生活が苦しくなったことを、告白する。まるで競争するように、仕事で損をしたこと、うまく行かなかったことを、テレビで告白するのだ。

「午後八時まではお酒を出せるというので、仕入れたのですが、また急に自粛で出せなくなってしまいました。疲れました。三十年続けた店ですが、閉めることに決めました」

「肉、魚、野菜、全《すべ》て値上がり。それなのに、仕事は減って、給料は三割カットです。

これでは、とても結婚できません。二十八歳、独身、男」

損をしたこと、店を閉じること、生活が困窮していること、それをまるで競うように、告白する。そして、ほっとしている。

蒲田の工場地帯の彼らも、仕事はうまく行っても、商売としては失敗している。そして、赤字になったこと、ぎりぎりの生活をしていることを、まるで快感のように、告白してくるのだ。

その心根が、十津川には理解できなかった。しかし、コロナで損をしている大多数の国民と、同じ境遇にあることに、彼らは安堵《あんど》し、喜んでいるのだ。

おそらく、より多くの損をしたことが、より大きな安堵感を、彼らにもたらしているのだ。

経済的に損をしたことを、テレビで告白し、喜んで見せたら、他の国なら、頭がおかしいと思われてしまうだろう。

それが、日本では違うのだ。失敗を競い、貧乏を競うことで、本人は穏やかな気持になり、周囲も救われてしまうのだ。

そんな彼らの心情を、十津川は、やっと理解できたと思っているのだが、まだ自信はない。

ただ、十津川が、自分自身でわかっているのは、彼らが好きだということだった。

もちろん、簡単に、彼らを信用したわけではない。

最初は、疑った。

蒲田の工場地帯で、こつこつと一つの技術を磨いてきた連中である。彼らの技術が、どれほどの価値のあるものか、見当もつかないほどだ。

だから、経済的に損をしたとか、大量生産できないから赤字だとか、そういわれても、最初は全く信じられなかった。

そこで、彼らの資産を、徹底的に調査した。信用調査会社にも話を聞きに行った。

その結果、最近の損失や赤字は、彼らのいう通り、事実だとわかった。

社員や職人たちは、みな優秀な人材で、欲もなく、こつこつと技術を磨き、いい仕事をしている。

それでも、赤字なのだ。

たとえば、加納が最新鋭の通信装置を、高い値段でまとめて買い上げ、それで一時的に、黒字になっても、その後も注文が続くわけではない。宇野がいっていたように、契約の関係で、よそに大々的に売ることもできない。だから、結局は、赤字である。

どの工場も、そんな形の商売をやっているので、自然に、どこも見事に赤字になっている。

最初は、彼らの仕事の繊細さと見事さに驚き、次に、その商売の下手さに驚いた。

しかし、そのうちに、彼らが、上手に商売しようとしていないことが、わかってきた。

彼らとつき合っている中に、少しずつ、彼らの考えも、わかってきた。もっと上手に商売をやれと、けしかける気持も、次第に薄れてきた。

そうなると、十津川の疑惑の眼は、どうしても、彼らに仕事を発注する加納駿次郎に向いてしまう。

加納は、住み慣れた東京を離れて、高知でマンション暮らしをしていた。人生五十年、これから第二の人生と嘯《うそぶ》いていたが、十津川が事情聴取のために、何度か警視庁に出頭を要請した。それに対処する形で、加納も最近、東京の高層マンションに移ってきていた。

十津川は、今も、加納を完全にシロだとは思っていない。

当然である。二・二六の青年将校だった祖父の日記を使ったり、「昭和維新の歌」の歌詞を利用したりして、何人もの政治家や実業家、詐欺師《さぎし》を脅してきたのだ。

その相手が、殺されたり、重傷を負ったりしている。

ただし、十津川は、加納自身が実行犯だとは考えていない。いずれの事件でも、加納には、アリバイがあるからだ。

だが、全く関係なしとも思っていない。

この連続脅迫事件、連続殺人事件を巡って、大金が動いていることも、わかっていた。

昭和十一年二月二十六日、いわゆる二・二六の時、青年将校たちに対する恐怖から、軍部の方向がねじ曲げられ、太平洋戦争に突入してしまった。

今回、戦争への恐れはないが、恐怖で、政治や経済が、ねじ曲げられる恐れはあった。

5

十津川は、亀井を伴って、新橋《しんばし》に近い高層マンションに向かった。

加納が住む部屋は、三十二階にあった。

訪れることは、加納に予告していなかった。

しかし、加納にしても、十津川が自分について、どう考えているか、知りたいに違いない。

案の定、インターフォンで話した加納は、少し驚いた様子ではあったが、オートロックを開けた。

三十二階のエレベーターホールに、椅子《いす》とテーブルが置かれ、小さなロビーになっていた。十津川たちは、そこで加納が出てくるのを待った。

「殺人事件の捜査を放り出しておいて、清澄《きよすみ》庭園なんか、見に来ていて、いいんですか？」

いつの間にか、部屋から出てきた加納が、話しかけてきた。

この高層マンションの三十二階ロビーから、隅田川の向こうの、清澄庭園が見えるのだ。

「君の顔を見ていると、犯人が見えてくる気がしてね」

と、十津川は、いった。

「私は犯人じゃありませんよ。アリバイがある」

「君じゃない。君には、殺人は出来ない。君に出来るのは、キャンキャン吠《ほ》えて、狂犬をけしかけることだけだ」

「狂犬ですか」

「違うのか？」

「いや、私にもわかりません。遭遇したことがありませんから」

「一度、真面目にききたいと思っていた。君は、本当に犯人に会ったことがないのか？」

「ありませんよ。会ったら、すぐに警察に知らせますよ」

「ぜひ、そうして欲しい。もう一つ、前々から、君にききたかったことがあるんだ」

「犯人を知っているか、という質問なら、答はノーですよ」

「君が告発した政治家や実業家が、殺されたり、襲われて重傷を負ったりした。それについて、君自身は、どう思っているんだ？　殺さなくてもいいだろうと思っていたのか、殺してもかまわないと思っていたのか。その答が欲しい」

十津川の問いに、加納は、すぐには答えず、間《ま》を置いてから、いった。

「私の思いは、相手に送った手紙に尽きています。いずれの場合も、祖父が遺《のこ》した日記からの言葉や、『昭和維新の歌』の歌詞を引いて、本人の反省と覚悟を促しています。それ以上でも、それ以下でもありません」

「なかなかうまい返事だが、それなら、もう一つききたい。君の意見に賛成した若者が、ここに会いに来たとしよう。そして『あなたが炙《あぶ》り出した男を許しておけません。

殺してもいいですか？』と、きいて来たら、どう返事するつもりだ？　殺すな、というのか、それとも、かまわず殺せと、けしかけるのか。どっちなんだ？」

「私は、あくまでも、言論で戦う人間です。殺し、殺させる世界の人間とは、会わないことにしています」

それが、この男の本音かどうか、わからない。

「蒲田の工場地帯の親方や職人たちとは、今も、会っているのかね？」

と、十津川は、話題を変えた。

「あの人たちは、芸術家ですよ。話すと楽しいから、よく会っていますよ。それに、些少《さしょう》ですが、経済的な援助も、させてもらっています」

加納が、得意げに、しゃべっている。

十津川は、ふと、工場地帯で会った木嶋のことを考えていた。

三枚羽根の矢を片手に持って、矢の種類と回転の関係を説明していた木嶋。

職人の顔だった。

四枚羽根の矢は、回転せずに飛んでいくが、三枚羽根は、回転しながら飛ぶ。羽根の付け方によって、右回転にも左回転にもなる。

古来のまま、竹の芯《しん》に鳥の羽根三枚を使った、この素朴な矢が一番好きだと、木嶋はいった。

次の瞬間、彼は、その矢をつかみ、三十メートル近い距離を無視して、的に投げた。

あの時、あの男は、何だったのか。

無造作に矢を投げ、しかも、その寸前、的の近くを流れる風を直感して、逆回転する羽根の矢に変えたのだ。

十津川の眼に残ったのは、的に命中した矢が、的山の砂に作った深さだった。

木嶋が矢を抜くと、固い砂に深い穴が残っていた。十センチくらいの深さがあるのではないか。怖くて、薄気味の悪い穴だった。

その記憶が何を意味するのか、十津川にも、正直はっきりわからず、ただむやみに寒気がした。

帰りの警察車両の中でも、十津川は、珍しく、亀井と一言も言葉を交わさなかった。

ここにきて、十津川は、彼らの姿が、ぼやけていくのを感じていた。蒲田の工場地帯の彼らである。

最初、彼らは、みんな同じように見えた。芸術家というより、偏屈な変わり者の印象だった。

なにしろ、紙をどれだけやわらかくできるか、同時にどれだけ強くできるか、それを延々と研究しているのだ。

完成しても、売れるかどうかもわからない。需要があるのかどうか、採算が取れるかどうかもわからない。

封筒を作っていた津坂は、火をつけなくても燃える紙を開発したが、コスト高で売り上げゼロだと、いっていた。

簡単にいえば、商売下手だが、十津川が見るかぎり、彼らは少しも参っていない。

なぜか笑っている。

あの笑いは、何なのか。

今までは、単なる負け惜しみに見えた。なんとか儲かる方向に工夫してみろと、叱《しっ》咤《た》激励したい気分にもなった。

次に、彼らが少し理解できたような気持になった。彼らが好きになっていた。

しかし、いつの間にか、彼らに近づくのが怖い気分になっていたのである。

笑顔で、延々と同じ研究をしている。限りなくやわらかく、同時に鉄のように硬い紙の開発である。儲かるかどうかもわからない。たぶん、儲からないだろう。それでも、延々と、研究・開発を続けている。

あの、梃子《てこ》でも動かない様子は、何なのか。あの自信、あの笑顔は、どこから来るのか。

十津川には、全く理解できない精神なのかもしれない。彼の全く知らない怖さなのかもしれない。

十津川の眼にちらつくのは、木嶋が投げた矢が、砂に突き刺さったその深さである。のどに刺さったら、間違いなく死ぬだろう。木嶋は、それを誇示したわけではない。ただ、それだけの力があることを、十津川が目《ま》の当たりにしただけなのだ。

考え出すと、彼らは、無限の力を持っているような気もしてくる。

カップの重みで自然に熱を発して、コーヒーを沸かせる紙を作った津坂がいる。しかも、後には燃えカスも残らないのだ。

紙代を考えなかったので、コストが上がって全然売れない、と笑っていたが、彼が作り上げた紙は、コーヒーを沸かせるだけではない。いくらでも、大きくできるのだ。たとえば、数メートル四方の紙を作り、その紙で、相手の身体を包んでしまう。体重がかかると、そこから燃焼が始まる。紙は燃え尽きて、燃えカスも残さない。炎も出ない。燃え尽きた時、死体はたぶん、蒸し焼きのような形になるだろう。そして、この紙の存在を知らなければ、どうやって、そんな焼死体になったのか、わからないだろう。

紙で、人間をひとり、蒸し焼きにして殺せるのだが、もちろん、そのために、延々と研究しているわけではないだろう。しかし、おそらく何年も、あの男は、この紙の研究を続けてきたのだ。

それが、怖い。

「考えてみろよ」

と、十津川は、亀井に、いった。

「連中は、十代か二十代から、延々と一つの仕事をしているんだ。それは一つの研究、一つの新技術の開発かもしれない。津坂の研究は、紙の研究だが、同時に、見方を変えれば、人殺しの研究にもなるんだ。たぶん意識はしていないだろうが、何年も何十年も、人殺しの研究をしていることも、ある意味で間違いないのだ」

「加納は、そのために金を出していることを、意識しているのでしょうかね？」

と、亀井が、疑問を呈すると、十津川が答えた。

「加納は、ある意味でスポンサーであって、彼らのように、一年中、一つの研究に打ち込んでいるわけではない。邪《よこしま》な考えも、頭に浮かべるだろう」

「別の見方をすれば、さまざまな殺人の方法を、スポンサーになった加納は、手に入れているわけですよ」

「加納が忠告した内閣参与が、ドローンの爆弾攻撃で、危うく死亡するところだった。それも、爆弾を積んで、斜めに飛び込んで行ったドローンでね」

「あの事件の前から、『東都ドローン』という会社では、水平に飛ぶだけでなく、斜めに飛ぶドローンのテストをしていたんだと思いますよ」

「多摩川のそばの、あのドローン工場では、何かの必要があって、斜めに飛ぶ訓練をしているのだろうが、それを、何者かが利用したんだ」

「加納以外には、考えにくいですね。あの男なら、もともと五億円の資金があるし、脅迫の過程で、さらに金を手に入れているかもしれません」

「殺害方法を変えれば、それぞれの研究や技術開発をしている者の犯行に、見せかけることも可能だな」

と、十津川が、いった。

6

三日後、十津川たちが恐れていた事件が発生した。

木下康一郎《きのしたこういちろう》という政治家がいる。国土交通省副大臣である。利権で動くことが、あまりに多いので、これまでも度々疑惑を持たれてきた。ここに来て、加納が、木下副大臣に手紙を送ったことが、明らかになった。

例の警告の手紙である。

加納の手紙のことは、既に世間に知られている。後ろ暗い仕事をしている者にとっては、恐怖の対象だが、一部の世間からは、喝采《かっさい》も浴びている。

しかし、どんな悪事を働いている者でも、殺されるのは、あまりに残酷である。警告の手紙を送るのは勝手でも、殺人や襲撃までする権利は誰にもないと、マスコミは当然の主張をした。

それに伴って、警告の手紙を受け取っても、殺されないケースが見られるようになった。

その陰では、大金が動いたのではないかと、誰もが疑った。いわば身代金《みのしろきん》、命の保証金である。

こうしたケースでは、警告の手紙を受け取ったことも、なかなか表面に出てこない。

誰が誰に、身代金を支払ったか、十津川は、一ヵ月にわたって調べていたが、結局わからなかった。

それも不思議だった。誰かが払い、誰かが儲けている。当事者は口を開かなくても、周囲のどこからか、噂《うわさ》のような形で、伝わってくるはずだった。

しかし、十津川には、結局、金の出所も、行き先も、どのように動いたのかも、全くつかめなかった。

木下康一郎自身には、警視庁の上層部が接触したが、一切を否定された。十津川たちが、木下の周辺を探っても、何も出てこなかった。

これもまた、日本という国の特殊性なのだろうか。

十津川は、中国共産党で、毛沢東《もうたくとう》に仕えた、ある人物の言葉に、納得せざるを得なかった。

彼は、毛沢東の「文化大革命」のために、三千万人が死んだことを批判して、数年間、投獄された。毛沢東の死の前に出獄したが、彼は、今の習近平《しゅうきんぺい》は、毛沢東の再来だという。

「中国は、秀《すぐ》れた独裁者を生む。中国の歴史を見れば、毛沢東、鄧小平《とうしょうへい》、習近平と、独裁者しか生んでいない。なぜ、アメリカのように、リンカーンやケネディが生まれないのか」

そう歎《なげ》きつつ、彼は亡《な》くなったという。

日本は、どうなのだろうか。

アメリカでも、中国でもない。もっといい国なのか、それとも、もっと悪いのか。

加納の手紙、そして殺人。騒ぎが大きくなると、どこからか、金が出て、金が動くようになる。

誰が金を払い、誰が儲かっているのか、全くわからない。誰が命令するでもなく、かといって、公《おおやけ》にされるわけでもない。

奇妙な社会、奇妙な国だ。

ただ、木下康一郎の場合は、ここで終わらなかった。

木下は、加納の手紙を受け取ったあと、平気で秘書を連れて、蒲田の工場地区に、飲みに出かけていた。この地区には、飲み屋街もあるのだ。

それを知って、十津川は、当然、木下が金を払い、安全を買っているものと思っていた。

ところが、その木下と、同行した秘書が、突然、姿を消してしまったのである。

秘書は、木下の息子の友人で、大学時代はボクシング部だったというから、一応、用心はしていたのだろう。

十津川は、この事件を、もう一度、真剣に追ってみることにした。一連の事件の、突破口になるかもしれないと考えたからである。

木下康一郎は、典型的な世襲政治家である。

父親の木下康之《やすゆき》は、国務大臣を何度か務めた、与党の大物政治家だった。その威光で、息子の康一郎も、若くして副大臣になっている。

木下には、少し変わったところがあった。政治家には珍しく、蒲田の工場地区、特に、珍しい研究や特殊な技術開発に携わる工場に、よく出入りしていたのだ。

しかし、木下が、そういった工場の親方や職人たちに、本当に関心を持っているとは思えなかった。

たとえば、日本一やわらかく、同時に日本一強い紙の研究をしている工場に、彼が本当に関心があるとは思えないのだ。

ただ、面白がっているだけに見えるのだ。

木下は、ハンコ屋にも、よく出入りしていた。しかし、本気でハンコや印刷技術に関心があるとは思えない。ただ、古代中国の象形文字のハンコを作ってもらって、喜んでいたという。

こうした様子からは、木下が、警告の手紙を怖がっていなかったことが明らかである。自分が命を狙われるはずがないと、思い込んでいたとしか考えられなかった。

しかし、政府の要職にある彼が、突然、理由もなく姿を消した。殺されているとすれば、死体は、どこにあるのか。

十津川は、自分の知識だけでは、限界があると感じた。そこで、科捜研の知恵を借りることにした。

十津川と、部下の刑事たちは、一週間にわたって、連日、科捜研に通いつめた。ほとんど泊まり込みである。

その間に、なぜか世の中から、突然、姿を消す者が、急に増えた。

これまでは、殺されたり、襲われたりするという脅しだった。警告の手紙を受け取った上で、身代金を払わなければ、そのような危険が降りかかる。

ここに来て、警告を無視すれば、人間を跡形もなく消し去るという脅迫になったのか。

科捜研を出た十津川たちは、たちまち、不安いっぱいの人々に、つかまってしまった。

家族や親戚《しんせき》、友人知人が、突然いなくなったと、訴えるのである。

結局は、単なる失跡で、二、三日すると、戻ってきたと報告があった。

社会に不安の霧が立ち込めていたところに起きた、一種の集団ヒステリーだったのだろう。

しかし、中には、人が消された可能性があるケースも残っていた。

警告の手紙を受け取るような行為をしていた者。そして、自分から姿を消す理由も事情も見当たらない者。

そんなケースにぶつかると、十津川は、同じことをいわざるを得なくなってしまう。

「残念ながら、その方は、姿を消してすぐに、亡くなっていると考えたほうがいいと思います」

相手は、息を呑《の》んで、信じられないという表情を見せる。

「それなら、遺体を見つけて下さいよ。お葬式を出して、茶毘《だび》に付したいから」

「遺体は、見つからないと思います」

「どうして？　おかしいじゃないか」

「警察にも、消えてしまったとしか、いいようがないのです。これから、こうして消えていく人間が増えるのではないでしょうか」

と、十津川は、いう。

第六章「誰よりも心を病む男」

I

加納駿次郎は、気付かずに病んでいた。

自分は正しいことをしているのだと、思い込んでいる。

日本にとって、この政治家がいることがマイナスだと考えれば、警告のつもりで、その男に手紙を書く。

「昭和維新の歌」の一節を記したカードと、二・二六で無念の死を遂げた祖父が遺《のこ》した、日記の中の文章が裏に印刷された名刺を送る。

殺すつもりは、全くない。あくまでも警告だと、自分では思ってきた。殺してやるとは、一度も書いたことがない。

だが、加納が手紙を送った相手は、日本に必要のない人間だ——そのように、誰かが判断したのだ。

殺人者は、加納の全く知らない人間である。少なくとも、加納には、殺人者の名前は分からなかった。殺人の結果を報告してくるわけでもなく、世間に誇るわけでもない。

そのため、殺人という恐ろしい行為にもかかわらず、その実感がなかった。なぜか加納には、さわやかにさえ感じられたのだ。

「殺人」という言葉までも、加納には、心地よく聞こえるようになってきた。

それは、加納自身が殺人を犯していないからだろう。その上、正義は、いつも加納にあった。

「やりましたね。これで日本の政治もよくなりますよ」

加納に向かって、そんなことを口にする人もいた。

「正義」が、こんなにも甘いものだと、加納は初めて知った。だから、さまざまな国家が、「正義」を振りかざして戦ってきたのだと思い知った。

戦いに敗《ま》ければ、「正義」は取り上げられる。国家も個人も同じである。

たとえば、太平洋戦争の中、日本では国家も個人も、「聖戦」を売りまくっていた。

アジアの「植民地からの解放」は、もっとも大きな「聖戦」である。この言葉を信じない日本人は、ひとりもいなかった。

だから、「聖戦」の前には、何でも許された。

捕虜を裁判にかけずに殺すことも、許されていた。「聖戦」だからである。

宗教人、特に仏教の指導者たちは、「聖戦」を、やたらに口にした。

本来、宗教は戦争に反対のはずである。「殺すなかれ」が、ほとんどの宗教の本質である。

ところが、「一殺多生」という言葉が叫ばれた。悪人をひとり殺せば、何人もの人間が救われる、というのである。

『歎異抄《たんにしょう》』的にいえば、眼の前の悪人を殺さずに、助けて生かすべきだろう。

何よりも、アジアの解放をいうなら、中国に攻め込むのがおかしいのだ。戦前の中国は、日本と並んで、アジアで数少ない独立国家だった。

その国に攻め込んで、占領してしまったのである。植民地からの解放とは、とてもいえるものではない。

太平洋戦争に際して、日本は、自存自衛とアジアの解放を宣言した。一九四二年春には、東南アジアの全域を占領したが、全《すべ》ての占領地を独立させなかった。約束を果たさず、占領し続けたのである。占領行政である。

占領した国のためを考えたのではなく、日本の都合だった。そして、全て「聖戦」の言葉で納得させた。

フィリピンは、サトウキビを栽培し、それを輸出して、米を輸入していた。日本は、サトウキビは沖縄で賄《まかな》えるので、必要としていなかった。

だから、日本の都合で、サトウキビをやめさせて、必要な綿花を植えさせたが、失敗に終わった。そして、フィリピンの経済を、完全に破壊してしまった。

ビルマ（現ミャンマー）では、アウンサンスーチーの父が、青年たちのグループでイギリス軍とゲリラ戦を戦った。そうして日本軍を助けたのだが、日本は彼らに独立を与えなかった。

それどころか、ビルマに駐在した第一五軍の司令官、牟田口廉也《むたぐちれんや》中将は、無謀にもインドに攻め込み、惨憺《さんたん》たる敗北をもたらすのである。これも「聖戦」だったのだ。

日本の軍隊は、天皇の軍隊、「皇軍」であった。皇軍の戦いは、即「聖戦」なのだ。

加納の気分の中にも、それに近い感覚があったのかもしれない。

彼は、自分は一つとして、まちがったことはしていないと信じていた。全ての行為に、「正義」の旗印が付いていた。「聖戦」の連続である。

もちろん、加納を批判する声も、ゼロではなかった。

だが、加納には、圧倒的な正義があった。彼が手紙で警告する相手は、誰が見ても悪人だった。

加納は警告するだけだが、事は警告だけには終わらなかった。手紙が届いて数日すると、何者かが、手紙を受け取った悪人を、この世から、あの世へ送ってくれるのだ。

加納が手を下しているわけではない。それだけに、外から見ていると、限りなく恰《かっ》好《こう》よく見えたのだ。

その空気は、自然に、加納本人にも伝染した。

加納に、「正義」をお願いしてくる人間も現れた。

そうなると、もはや加納が、人の命を支配する、神にも近いことになる。さすがに加納も、自分が完全に自分でなくなってしまうので、それは拒否した。

しかし、周囲は勝手に、加納を神に、のし上げてしまった。こうなると、加納が何をやっても、神々《こうごう》しく見えてくる。俗っぽくいえば、逆に加納に睨《にら》まれれば、罰が当たるということになる。

人間の神格化は、このようにして始まるのかもしれない。

2

この間、十津川は、三人の男が消えてしまった事件を追っていた。

中高年の男三人。全員、地方公務員である。正確にいえば、定年退職した元地方公務員である。さらにいえば、下級公務員である。高校や大学を出て、公務員試験に合格していた。

彼らは、出世しても、せいぜい課長どまりと、最初から決まっている。二十代後半か三十代前半に職場結婚し、刑事事件にでも引っかからなければ、定年まで馘首《かくしゅ》されることはない。

出世コースに乗ったエリート官僚、国家公務員は、行政法の本を抱えて、廊下を走り回っているといわれたものである。だが、今は、内閣人事局が生まれて、官僚の人事は、政府に握られている。

各省庁の幹部人事は、政府や官邸に握られているから、官僚たちは、政治家のご機嫌を取らなければならない。

本来、公務員はパブリック・サーバント（全体の奉仕者）でなければならない。しかし、今では、その使命を守ろうとすれば、自殺に追い込まれるかもしれない。妙な時代である。

問題の消えた三人には、そういうことは、まずなかった。退庁時間が近づくと、いそいそと麻雀《マージャン》の相手を探すといった連中である。今の時代には、かえって、この三人のような人間の方が、幸福かもしれない。

何事もなく、課長か、その下の課長補佐で、無事に定年を迎えれば、そこそこの年金も付く。郊外にささやかな持ち家があって、自動車も二台。維持費の安い軽自動車かもしれない。

そんなところが、彼らの幸福な定年後だろう。そして、彼らは定年を迎えて、だいたい、頭に描いていた生活を送っていた。

定年後も、彼らは、三人麻雀で牌《パイ》をつまんで、それから飲みに行く。飲みに行く先は、彼らの職場があった蒲田の工場街。

彼ら公務員にとっては、この蒲田の工場街は、偉ぶっていられるので気持がいいのだ。

昔からの小さな工場群、家内工業。ここでは、公務員は立場が上だった。ＯＢになった今でも、それは変わらない。

三人とも、町工場の人々を、内心のどこかでバカにしていた。

毎日毎日、ハンコを彫ったり、紙をいじったりしている。傍《はた》から見ると、何も代わり映えしない。昨日の紙と今日の紙の、どこが違うのか、三人には、さっぱりわからない。

三人は、町工場へ出す補助金と、逆に取り上げる税金で、工場地帯とつながっているようなものだった。

それなのに、自分たちに金のない時は、町工場のおやじを強引に呼び出して、酒をおごらせたりもしてきた。役所には彼らの後輩がいるから、ＯＢだからといって、町工場の側も、すげなくするわけにはいかなかった。

彼らと町工場の関係は、だいたいこんなものである。

その三人——。

荒川健夫《あらかわたけお》

小林英明《こばやしひであき》

島田栄《しまださかえ》

三人とも、特に変わったところもない。子供が結婚して孫が生まれた男もいれば、がんで入院して、手術で無事退院した男もいる。こまかく見れば、それぞれ違うが、それは、ありふれた違いである。

三人の酒好きは、若い頃からで、工場地帯の飲み屋街で、よく飲む。

その日も、金が足りなくなってきたので、いつものように、町工場の社長を呼び出して、飲み代を払わせた。さらに連れ回して、飲み直している。いつもの通りである。

そして、三人は、消えてしまった。

十津川は、一つの意図を持って、刑事を動員して、この事件を徹底的に調べることにした。

消えたその日に、三人の男たちが着ていた服の型や靴のサイズまで、調べさせた。

それどころか、靴底がどのくらい減っていたか、そこまで調べさせた。

そして、刑事たちに、そういった情報を記憶させた。シャツやネクタイの色と形、値段、汚れの具合まで……。

三人が、いつの時点で消えたのか、それを十津川は知りたかった。

しかし、捜査でわかったのは、問題の日、夜半近くまで、三人が関係のある町工場の社長に、おごらせていたことだけだった。そのあと、泥酔《でいすい》した三人は、消えてしまった。

十津川は、三人がハシゴした飲み屋を、改めて一軒ずつ、当たっていった。

いずれも、顔なじみの店だった。

三人とも、定年退職してOBになっても、町工場の間では、顔が利《き》いた。だらだらと続く親睦《しんぼく》会のような関係が、町工場との間にあった。退職して数年の間は、役所の後輩を通じて、補助金の額などに口を挟めるのだ。

だから、町工場の社長に、おごらせることができる。呼び出しを断ったりすれば、面倒なことになるからだ。役所の後輩も、自分の退職後に、同じように顔が利いた方が、都合がいい。彼らにとっては、うまく出来た仕組みだった。

十津川は、三人が消えた日に、捜査を集中させた。

三人は、いつものように飲み、持ち金が足りなくなると、紙専門の町工場の社長、津坂を呼び出して、おごらせた。捜査本部では、この工場を《紙》と呼ぶことにした。

この《紙》では足りずに、三人は、人工皮革の研究・開発をしている工場の社長も、呼び出していた。こちらは略称《皮》である。社長は、沢村だ。

社長たちを呼び出したのは、別に用事があってのことではない。おごらせるためだった。三人は、ＯＢになっても、補助金に口をはさめたから、おごらせるのが当然だと考えていたのだ。

「そのあとは、どうしたんだ？」

と、十津川は、きいた。相手は、工場地帯にある飲み屋の主人と店員である。

「社長さんたちが、三人に相次いで呼び出されていました。おごらされていましたが、大した額じゃありません。だから、あの三人も、平気でおごらせていたんでしょう」

「補助金の関係か？」

「そうでしょうね。三人を怒らせると、補助金が出なくなると、心配したんじゃありませんか」

「しかし、あの三人が口を出せるような補助金は、それほど大した額じゃないだろう。事件の原因になるかね」

と、十津川は、自分の考えを、口に出した。

「そうですよ。大した額じゃありません。それに、嫌がらせをされて、多少遅れたとしても、いずれは出るものでしょうから」

飲み屋の主人も、コロナに絡《から》んで、一ヵ月あたり十五万円の補償金を受け取ったという。

十津川は、《紙》と《皮》の工場にも、当たってみた。問題の日におどらされていた二人の社長も、工場の職人たちも、何も知らないと笑って否定した。

（この工場が事件に関係しているのなら、消えた三人の痕跡《こんせき》が、どこかに残っているはずだ）

十津川は、工場の敷地内を、徹底的に捜査させた。工場で使っている自動車も調べた。しかし、三人の指紋も遺留物も、どこからも出なかった。

十津川は、いらだちを見せていたが、証拠は全く見つからない。

捜査が膠着《こうちゃく》状態に陥っているうちに、別の人間が、また消えてしまった。

今度は、政治家でも、公務員でもなかった。

だが、加納にいわせれば、この世の中に、必要のない人間ということになるのかもしれない。

指定暴力団R組の幹部で、名前は原田《はらだ》といった。機嫌の悪い時など、突然「ガンを飛ばしたな」と言いがかりをつけて、相手を殴り倒すような男である。

その一方で、普段は物静かで、その両極端さが、かえって怖いという者もいた。蒲田の風俗街のクラブやピンサロなどから、みかじめ料を集めるのをシノギにしていたが、そういう時にも、突然キレることがあるというのだ。

加納が警告の手紙を送った「悪」を脅し、金を出さなければ、命を狙《ねら》う殺し屋がいると囁《ささや》かれていた。この原田英司《えいじ》、三十二歳が、そうした殺し屋の一人ではないかという噂があった。

この男が、突然、消えてしまったのである。

原田が最後に目撃されたのは、同じR組の幹部と、派手な諍《いさか》いをした後だった。クソ面白くないといって、原田は旅に出た。その途中で、消えてしまったのだ。

原田は、東京から新幹線で、京都に向かったらしい。諍いがあった、その日の夜である。

十津川は、諍いの相手であるR組の幹部、秋野《あきの》を厳しく取り調べた。

「確かに、組の事務所で、原田と、やりあいましたよ」

と、秋野は、あっさりと衝突を認めた。

「だけど、すぐにやめたよ。あいつと喧嘩《けんか》する必要はないんだから。くさくさするんだったら、旅行にでも行ってこいといったら、奴《やつ》は嬉《うれ》しそうにニヤニヤしてたよ。で、京都へ行くと、いったんだ」

「その日のうちに、京都へ行くと、いったのか？」

と、十津川が念を押した。

「ああ。夕方の五時過ぎぐらいでさ。夜の新幹線に乗ると、いってた」

「京都には、誰か、原田の知り合いがいるのか？」

「自前の芸妓《げいぎ》がいるんだよ。小竜《こりゅう》ちゃんといったかな。おれも一度会っているが、美人だ」

「自前というと？」

「普通、京都では、舞妓は十七歳でお座敷に出るのさ。そして二十歳で、旦那《だんな》が身請けして、一人前の芸妓になって、独立するんだ。だけど、旦那がつかなかったり、好きな男がいたりして、身請けされずに、自前で独立する芸妓もいる。小竜ちゃんがそれで、独立するには、ずいぶん金が必要なんだ。舞妓《まいこ》時代に世話になった置屋に三千万。独立すると、住居が必要になるから、マンションも見つけなければならん。春秋には、着物や西陣帯の新調だ。京都では、五十の着物に百の帯というくらいで、とにかく金がかかる」

「原田は、その小竜に入れあげて、大金を使っていたというわけだな」

「おれは知らん」

と、秋野は、急に口をつぐんでしまった。

よく京都では、舞妓ひとりを身請けするには、一城を傾けるだけの金が要るといわれる。今なら、会社を一つ潰《つぶ》す覚悟だ。

西陣が好景気だった頃は、織元の旦那衆が身請けすることが多かった。今は、宝石商や医者が多いという。ほかに旦那で有名なのは、華道のある家元で、時々、右翼の街宣車にからかわれていた。

身請けはしなくても、独立の援助をするとなると、身請けに準ずる大金が必要になるだろう。

秋野がいう小竜の独立を、原田が援助したとすれば、金はどこから来たのか。

加納が手紙を送った相手を脅迫して、手に入れた金か。脅迫に屈しない相手を殺す代価として得た金か。

いずれにしても、加納の事件と原田の京都行きには、関係があるのではないか。

「原田に旅をすすめた時、旅費くらいは渡してやったのか？」

と、十津川が、きく。

「そんな必要はないだろう。喧嘩したんだぜ」

と、秋野が笑った。

「旅行をすすめておいて、どこかで殺したりはしてないだろうね」

「そんなことはしない」

「原田の懐《ふところ》具合が、急によくなってきたような気配はなかったか？」

「知らないな」

「最近、原田は、金の生《な》る木を手にいれたんじゃないのか？」

「知らないといっただろう」

「加納駿次郎を知ってるな？」

「知りません」

　十津川が、かぶせるようにきいたが、秋野の表情は変わらなかった。

「おかしいな。連日のように、新聞やテレビに名前が出ているのに」

「手紙がどうとかいう話か？」

「知っているじゃないか」

「加納という奴とは知り合いじゃないと、いってるんだよ」

「原田は、加納と関係があったか？」

「おれは知らないんだよ。原田が、その加納って奴を知ってたかどうか」

「ややこしいな。ずばりといったらどうだ。原田は、加納と知り合いだったのか？

それで、金を持っていたんだろう？」

「わかったよ。確かに原田は、最近、金回りがよかった。おれが知ってるのは、それだけだ」

「あんたは？」

「おれは不器用だから」

と、秋野は笑った。

秋野は、原田に旅をすすめたが、原田が実際に京都に行ったのかどうか、裏付けが取れなかった。京都での足取りが、どうしてもつかめない。

どこかで、原田は消えてしまった。

原田は、いわゆる危険な男である。その原田が、忽然《こつぜん》と消えてしまったのだ。

原田が東京駅か品川駅まで乗ったタクシーも見つからなかった。組の若い衆に、運転させたという話もなかった。

とするなら、原田は駅まで行かなかったのか。どこで消えたのか、どこへ消えたのか、手掛かりの糸が切れた。

十津川は、もう一度、消えてしまった三人の役人ＯＢに、眼を向けることにした。

彼らの方が、原田よりも、その足取りがつかみ易《やす》かったからである。

三人は定年退職しているが、退職後も、町工場との縁は切れていなかった。親睦団体のようなグループとして残っていた。

課長か課長補佐までしか出世しなかったが、それが逆に現場との距離を近しくした。役所としても、偉いOBよりも使いやすいのだ。

彼らは、現役時代から、町工場の存在を軽んじているところがあった。それだけに、あまりうるさいことはいわない。町工場側としても、厳しい現役の役人を相手にするより、ある面でありがたいのだ。

三人が消えた夜、最後に彼らは、迎えの車を呼んでいたことがわかった。ようやく目撃者が見つかったのだ。

「迎えに来た車のボディに、牛とワニの絵が描いてあった」

と、目撃者が証言した。

十津川は、一瞬、動物病院の車だろうかと思ったが、すぐに気づいた。それなら、普通は犬や猫の絵だ。

三人の役人OBは、その夜、町工場の社長たちに、おごらせていた。その一人は、通称《皮》の社長だった。

（牛とワニ、牛革とワニ革だ）

迎えに来たのは、人工皮革の開発をしている工場の車だったのではないか。

十津川は、改めて、その工場の社長、沢村から事情をきくことにした。

「その夜、三人に呼び出されて、おごらされたんですね？」

「そうです。突然、夜中に呼び出されて、飲み屋でおごらされました」

と、《皮》の社長は笑う。

「それなのに、最後に、タクシー代わりに、迎えの車まで用意しろといわれたんですか？」

「タクシー代がないとか、いってましたね」

「よく怒りませんね」

十津川は、少々あきれていたが、沢村は、お互いさまだというのだ。持ちつ持たれつということなのだろう。

「それで、どこまで送ったんですか？」

「ひとりひとり送っていては大変なので、タクシー代を一万円渡して逃げました。うちの車で送ったわけではありません。時間も、もったいないですから」

「どうして、このことを、前に話してくれなかったんです？」

「ですから、迎えの車を出したわけではないんですよ。おどりの一環です」

と、沢村は、涼しい顔でいう。十津川は、次第に腹が立ってきた。

「おたくの工場では、人工皮革の製造をしているんでしたね？」

「安い人工皮革です。本物には及ばなくても、牛革やワニ革に見えればいいというグレードのね」

「儲《もう》かっていますか？」

「今の消費者は、私たちの作るものには、あまり関心がないみたいですね」

「それなら、おたくも、もっと質の高い人工皮革の開発をすればいいでしょう」

十津川がいうと、社長は、苦笑に近い表情になった。

「うちも、わずかですが、役所から研究費をもらっています。ですが、その額では、大手と競争になるような研究は、とてもできないのですよ」

そういわれれば、十津川としては、なるほどと肯《うなず》くより仕方がない。

「先日は、新しい製品を開発していると、いっていましたね。あれは、どうなりました？」

「いやあ、なかなか」

沢村の話は、つかみどころがなかった。

三人は、社長からタクシー代の一万円を受け取ってから、どうしたのか。タクシーをつかまえて帰宅しようとしたのか。それとも、その一万円で、また飲みに行ったのか。

そこのところが、どうにもはっきりしなかった。三人を乗せたタクシーは見つからないし、彼らが行った店も見つからない。

それに、三人がまた飲みに行ったとしても、それが事件に結びつかないのだ。三人がトラブルに遭っていたという噂《うわさ》も聞こえてこない。

三人の家族からは、警察に捜索願が出されていた。地元の警察に出されたもので、十津川には直接関係はないが、責任を感じざるを得なかった。

3

十津川は、改めて刑事たちを集めて、捜査会議を開いた。毎日の定例の会議とは、目的が違う。

彼らが今、追っているのは、三人の役人ＯＢが消えた事件だが、以前にも、現役の役人が三人、消えていたことがわかったのだ。

「以前の事件と、どこか共通点があるかどうか、意見を聞きたい」

と、十津川が、口火を切った。

「どちらの事件も、消えたのは小さな悪党という感じです。いなくなっても、家族以外は、悲しんだり困ったりしないのではないかと思います」

亀井が応じた。

「現役の役人が消えた事件では、紙関係の工場や研究所が関係しているようだな」

「そうです。そちらの事件では、消えた役人たちは、製紙や紙加工の業界への補助金交付や、行政指導を担当していました」

「蒲田の工場地帯にも、紙の研究をしている町工場がある」

「《紙》ですね。自動的に発熱して、コーヒーを淹《い》れられる紙の開発をしています。原価計算に紙代を入れるのを忘れて、価格が上がってしまい、それでさっぱり売れなかったといっていた町工場です」

「そのことと、現役の役人の事件とは、関係があるだろうか？」

「どうですかね。役人OBの場合と同じように、現役の役人たちも、社長を時々呼び出して、おごらせていたようですが……。あの工場は、一応、平和的な研究をしている町工場に見えます。紙一枚で、おいしいコーヒーが飲める、そんな研究ですから」

「その研究を、何十年も続けているんだったな」

「揚げ句に、紙代を入れ忘れて、値段が上がって売れなかったわけです」

亀井が笑ったが、十津川は笑わなかった。

「この一連の事件は、ここに来て、局面が変わってきている。そう見ていいと思っているんだ。初期の段階では、黒田大臣が毒殺されたり、内閣参与の岩田がドローンで襲われたりした。次に、悪徳政治家や問題のある実業家などが殺された。おそらく、その陰では、もっと多くの人間が、脅されて、金を払っていたんだ」

「確かに、役人や役人ＯＢは、脅されても、そんな大金は払えませんね」

「政治家や実業家を脅したり、殺したりしている、実行犯グループがいるのは事実だろう。以前、加納に接近して、金儲けをしようとした怪しげなカップルがいる。ここと、実行犯グループは関係しているのかもしれない。Ｒ組の原田も、おそらく実行犯グループの一員だったのだろう」

「最初の黒田大臣の事件は、どう考えますか？」

と、亀井が、疑問を出した。

「あの事件だけは、自殺した畑中吉樹が、犯人だったのではないか。そう思っているんだ」

「畑中が？」

「そうだ。加納は、黒田大臣の事件の前夜、高知のホテルで、見覚えのある顔に出くわしている。マスクのせいもあって、誰ともわからなかったそうだが、おそらくそれが畑中だったんだ。畑中は、町工場の仲間から、加納が何事かを計画していると耳にして、様子を探っていたのではないだろうか。ところが、そのホテルで、黒田大臣のパーティーが開かれていた」

「黒田は、コロナ担当大臣でしたね」

「畑中は、持病もあって、コロナに怯《おび》えていた。無策な政府への怒りもあったのだろう。翌日、お国入りする黒田一行を追って、『あしずり九号』の中で、大臣を殺したんだ」

「畑中は、加納の工場に勤める前は、親譲りのメッキ工場を持っていました。昔は、メッキ加工の工程に、青酸カリを使っていたといわれますね」

「おそらく、それだね。その頃から、自殺を考えて、青酸カリを持ち歩いていたのかもしれない」

「これからの捜査方針は、どうしたらいいんでしょうか？」

と、三田村が声を上げた。

「今、私がいったことの、裏付けを取ってくれ。調べることは、山のようにあるぞ」

「警部は、どうするんですか？」

「私は、事件の新たな局面が、どうなるか、それを考えてみたいんだ」

会議が終わると、十津川は、また誰にも行き先を告げず、丸一日、姿を消した。

だが、現われた十津川は、何かをつかんだという明るさはなく、翌日は、また丸一日、姿を消した。

そして次の日、十津川は、全身泥だらけで、捜査本部に帰ってきた。東京近辺の山野を歩き廻ってきたという感じだった。

「今度は、地質調査ですか？」

と、亀井が呆《あき》れた顔で、きく。

「そんなところだが、結果が出ない」

十津川は、彼らしくなく、溜息《ためいき》をついた。

「どんな結果を求めているんです？」

「同時溶解だ」

「よくわかりませんが」

「私にも、わからないんだ」

「答は、出るんですか？」

「たぶん、出ないと思っている」

「たぶん？」

「向こうの数十年と、こちらの一日との差だ。それが大き過ぎる。勝てるはずがないんだ」

「警部が何をお考えなのか、よくわかりません」

「だから、数十年と一日の差だと、いっている」

十津川は、そういってから、ふいに、

「これから、殺人や失踪《しっそう》が減るような気がする」

と、宙を見据えた。

「それは、加納に絡んだ事件のことですね？」

若い日下が、確認するように、いう。

「もちろん、そうだ。加納自身は、あの奇妙な手紙を送りつけているだけで、相手を殺したいわけじゃないと、いっている。だが、手紙を受け取った相手が、襲われたり殺されたりしていることも、事実なんだ。その裏で、大金が動いていることも間違いない。加納自身にはアリバイがあるし、彼が手を下していないとすれば、殺し屋がいることになる。ひとりではないかもしれないが、彼らは、加納が出した手紙に従って、脅迫や襲撃、殺人を続けているんだ」

「うまくいえないんですが、普通の殺人とは、何か違う気がします。だから、容疑者が浮かんでこない。もちろん、犯人もです」

「容疑者が見つからず、犯人を検挙できない理由は、わかってきた気がする」

と、十津川が、いった。

「どんな理由ですか？」

日下が、大きな声できき、他の刑事たちも、一斉に十津川を見た。

「この事件の奇妙なところは、関係者全員が、それぞれ自分に都合のいい言い訳を持っていることなんだ。第一に加納だが、彼は、悪人を告発しているだけで、殺人や襲撃には関係していないと主張していて、それが全くの嘘《うそ》とも思えない。おそらく、加納自身が、悪の告発者という立場に酔っているんだろう」

刑事たちを見廻して、十津川が、言葉を継ぐ。

「次に、技術の粋を尽くした見事な封筒やカードなどを、加納に提供している町工場の連中がいる。彼らにしても、犯罪に手を貸しているどころか、悪者退治を手伝っている気分だろう。一番の問題は、殺人や誘拐の実行犯、つまり殺し屋だが、彼らの標的は、加納が告発した悪党たちだ。そう思えば、彼らも、さして良心は痛まないだろう。それで大金を稼いでいるとしてもだ。加納が指差した相手を、懲《こ》らしめているだけだと思っていられるからね」

「関係者が全員、良心の呵責《かしゃく》や恐れを感じていないから、それだけ犯人を見つけにくいということですか？」

と、日下が、きくと、十津川がうなずく。

「そうだ。だから、仲間割れや密告も起きにくい。容疑者が浮かんでこないわけだ」

「それでも、警部は、これから事件が減っていくと、見ておられるんですか？」

「そんな気がしている」

「理由を教えてください」

「何の前触れもなく、消えていく人間が出てきたからだ。今まで実行犯たちは、死刑を決めたのは加納で、自分たちは死刑の執行人に過ぎないと考えることができた。だから、悪いことをしているどころか、世の中のためになると思い込むこともできた。しかし、これからは、そう都合よくは行かないだろう」

「まだわかりません」

「全ての出発点だった加納が、悩み始めたからだ。心を病み始めている。人々が消えていく理由が、加納にも、わからないからだよ」

「加納が手紙を送っていない人間まで、消えてしまっているからですね」

「そうだ。それどころか、理由なく消えた人間たちの中には、事件の実行犯や殺し屋まで、含まれているように見えるんだ」

十津川は、京都へ行くといったまま、どこかへ消えてしまった原田のことを考えていた。

誰が、何のために、人間を消しているのか。

今のところ、動機は不明である。

動機だけでなく、全てが、まだ不明のままである。姿を消した人間たちも、死んだと断定はできない。行方不明、失踪という段階に留まっているのだ。

ただ、十津川は、奇妙な情報をつかんでいた。捜査本部に現れなかった数日間、追っていた情報だった。

発端となったのは、人工皮革の研究・開発をしている町工場、通称《皮》の社長、沢村の話である。

安い牛革の人工皮革を開発したが、その間に世の中の生活程度が高くなってしまい、人工皮革は、全く売れなかったという話だった。それで今度は、少し高級なワニ革の人工皮革を研究しているという。

何とも時代離れした、平和な話である。

しかし、十津川は、もう一つ、奇妙な話を聞いていた。こちらは、怖い。

町工場で研究している牛の人工皮革。それは、人体と全く同じスピードで腐敗していく性質を持っているというのだ。もちろん、偶然そうなっているのではなく、同じスピードになる人工皮革を開発しているのだろう。

その噂を、十津川は、沢村にぶつけた。

「そんなバカな研究はしていませんよ」

と、沢村は笑う。

しかし、十津川は、その言葉を信じることができなかった。表向きの事業内容には入っていないが、陰で何十年も、特別な性質を持つ人工皮革を開発しているのではないか。そう思えてならないのだ。

十津川の想像がふくらんでいく。

沢村の工場で開発した、安い人工皮革は、全く売れなかったという。その人工皮革を作った職人を、特別な人工皮革で包んで、地中に埋めたら、同じスピードで腐って、土に還《かえ》っていくのだ。

さらに想像が進む。

今度は、職人たちが、誰かを殺して、死体を自分が作った人工皮革で包む。それを工場の敷地に埋めたら、どうなるか。

人工皮革と、それで包んだ死体は、全く同じ速度で腐敗していく。

そのスピードを速める研究も、並行して進められてきたのではないか。

当初は、殺人が目的の研究ではなかっただろう。不要になった人工皮革を、土に還すために考えたのだ。

《皮》の工場がある敷地には、何が埋まっているのか。土中に何が消えたのか。

腐敗するスピードを、異常に速くできるとしたら、死体を探すのは難しいだろう。

4

十津川の想像は、さらに広がっていく。

今度は、《紙》の町工場の話だ。

その工場では、加納のために、贅《ぜい》を尽くした封筒を作っていた。

それだけではない。

コーヒーのための一枚の紙。火をつけなくても、自然に発熱して、コーヒーを淹れることができる紙を開発していた。発熱が終わると、跡形もなく燃え尽きて、全く痕跡を残さない。

もし、人間ひとりを、この紙で包んだら、どうなるか。

もちろん、紙の大きさは、計算し尽くさなければなるまい。

十分な大きさの紙で包み込めば、包まれた人間は、完全に灰になってしまうのではないか。そして、包んでいた紙も、燃え尽きて消えてしまうのだ。

そうなれば、殺人の痕跡を隠すことも、容易になるのではないか。

「警部は、そんな殺人が、既に実行されていると考えているんですか？」

三田村刑事が、信じられないといった顔で、十津川にきいた。その三田村の顔は、同時に少し蒼《あお》ざめている。

「それがわからないから、悩んでいるんだ」

と、十津川は、怒った声を出した。

「しかし、あの工場の社長たちに、おごらせていた役人ＯＢの三人が、どこかに消えたことも事実だ」

「私には、《紙》や《皮》の職人たちが、殺人を犯すとは、とても思えません。第一、殺す理由がないですよ。《皮》の連中は、ひたすら人工皮革の研究や開発を続けているんですから。それで揚げ句には、全然売れずに、苦労しただけで損ばかりしている、人のいい連中なんです」

と、三田村が反論した。

「現役の役人三人も、姿を消している。彼らは、製紙や紙加工の業界を担当していたんだ。そして、補助金や研究費を出す権限を笠《かさ》に着て、無理矢理おごらせていたといわれている」

と、十津川が、いった。

「それが頭にきて、殺したんですか？」

「それはない」

「どうしてですか？」

「町工場の社長たちにとって、役人におごるのは、毎度のことなんだ。役人の方も心得ていて、おごらせた後は、補助金や研究費に色をつける。それでどちらも得するというわけだ」

「それなら、問題ないじゃないですか」

「しかし、現役役人の三人が、消えてしまったままだ」

「どうしたらいいんですか？」

「それがわからないから、困っているんだ」

十津川が、いい返した時、受付から電話が入った。

加納が訪ねてきたと、係の者が告げた。

「我々以上に悩んでいる男が、答を求めて、やってきたぞ」

と、十津川が、いった。

加納は、手土産だといって、にぎり寿司《ずし》の「上」の大きな折を提げていた。

十津川は、少し考え、亀井と北条早苗の二人の刑事を選んで、三人で相手をすることにした。

一時の加納は、この世の問題を、全てひとりで裁いているような、さわやかな顔をしていた。

日本中の悪を、自分が抉《えぐ》り出す。自分が告発すれば、「あうん」の呼吸で、悪《ワル》が制裁を受ける。その快感に酔っていたのだ。

ここに来て、その快感に、ズレが生じていた。

これまでは、彼が告発した悪人たちを、彼の意を体現する何者かが、罰してくれてきた。加納は、そう信じてきた。

殺し屋が動いているのではないかと思っても、自分が告発する悪人だけを殺している間は、気持が乱れることはなかった。

「それが、突然、おかしくなったんです」

と、加納は、十津川たちに訴えた。

「例の行方不明事件です。現役の役人三人と、役人ＯＢ三人が、理由もなく消えてしまった。この六人は、私の告発とは、全く関係のない人間です。現役の役人三人などは名前も知らなかったし、もちろん、手紙を送ったこともありません。それだけに、不気味なんですよ。私にはどうすることもできない問題ですが、なんだか死んでいるような気がしてならないんです」

「あんたが、殺したのかもしれない」

と、十津川が、いった。

加納は、怒ったというより、怯えたような眼になった。

「そういわれると、自分でも、そうかもしれないと思ってしまうんです。逆に、次に狙われるのは、私かもしれない。今までは、そんな心配はしなかったのに、誰が狙われるのか、もうわからなくて」

「刑事の私にも、次の犠牲者の見当がつかない。何を基準にして、該当者を選んでいるのか、わからないんだ。気まぐれに殺しているのかもしれない」

「いい気になっている私が、次に狙われるかもしれない。そう考えた時、初めて自分を、第三者的に見てみました。そうしたら、私がやってきたことは、片方の眼で一方的に批判し、もう片方で、悪者と決めつけて断罪することでした。嫌な奴だと、分かったんです」

「反省するのは、悪いことじゃありませんよ」

と、北条刑事が、冷たくいった。

「怖いのは、それと同じ考えで、私を断罪している人間がいるかもしれないということなんです」

「もし何者かが、その考えで、あなたを断罪し、死刑判決を下したとしたら、次は、あなたが処刑されるかもしれない。つまり、自分がなぜ、誰に殺されるか知らないままに、死刑判決を受けているかもしれないんだ。そして、死体と同じ速度で腐敗する人工皮革に包まれて、どこかに埋められ、誰にも知られずに、土に還るんだ」

十津川も、冷たく、いう。

「脅かさないで下さいよ」

と、加納は笑ったが、本当の笑いになっていなかった。

「確かに私も、いい気になっていましたが、殺しをやりながら、私のせいにしてきた奴らが、一番悪い。殺されていいのは、あの連中です」

と、加納は付け加えた。

今回の事件ほど、奇妙な事件はないかもしれない。十津川は、改めて、そう考えた。誰も彼もが、自分の行動に、少しずつ弁明の余地を残しているのだ。

加納は、自分は、世の悪《ワル》を告発しただけで、殺せと命令したわけではない、というだろう。

殺人や襲撃を実行した犯人は、「自分は私利私欲で行動したわけではない。誰かがやらなければならないと思ったから、自分が手を下しただけだ」と、弁明できる。

加納のために、特別な封筒や名刺、カードを作った職人たちは、注文された仕事をこなしただけで、自分たちの腕で出来ることをしただけだ、と胸を張れる。

どこを突いても、弁明だらけの事件なのだ。

ここにきて、加納にも、それが見えてきたのだろう。

こういったことが全て無理筋に見えてくると同時に、加納は、自分でも怖くなってきたのだ。まともに向き合えば、事件の元凶は、自分ではないか。そして、次に狙われるのは、自分かもしれない。そう思うに至ったのだ。

加納が、そうした悩みを抱えるようになったのは、以前のように有名人が狙われるのではなく、一般人の行方不明者が続出するようになったからだろう。

彼らは、理由もなく、消えていくのだ。

しかも、政治家や評論家ではなく、どこかで自分と連なっている人間である。

自分も、理由なく消されていくのではないか、と不安になってきたのだ。おそらく、誰よりも不安を感じるようになったのは、加納だろう。

他人を告発して、死刑判決を下す。

そんな権限など、簡単に与えられるものではないと、やっと気づいたのだ。自分だけが、安全地帯にいられるわけがないと、ようやく気づいたのだ。

「現時点で、行方不明になっているのは、現役の役人三人と、ＯＢ三人の六人だけですか？」

加納が、確認するように、きいた。

そんなことは、とっくに知っているのに、何回でも確認したくなるのだろう。

「我々が把握しているかぎりでは、もうひとり、ヤクザが行方不明になっています。木下康一郎という副大臣と、その秘書も、見つかっていません。事件性の有無が、はっきりしない件も多いので、他に何人いるか、わかりません」

と、北条刑事が答えた。

「その役人たち六人は、蒲田の町工場の社長に、たかっていたんですね」

「どこで、きいたんです？」

「町工場の仲間から、耳に入ってきたんですよ。それが、事件の原因ではないんですか？　たかられるのに我慢できなくなり、役人の公私混同に、腹を立てたのではないですか？」

「それはないでしょう。おごらせた分は、後で補助金などで埋め合わせる。そんな仕組みは、あんたも、よく知っているはずです」

十津川にいわれて、加納は苦笑した。

「確かに、以前から、そんなこともありましたね。ところで、人工皮革の開発をしている工場では、ずいぶん危なっかしい研究もしているそうじゃありませんか？」

「沢村社長から、聞いたんですか？　それとも、町工場仲間から？」

「どちらでも、いいじゃありませんか。警部も、さっき、いってましたね。なんでも、特別な人工皮革で死体を包むと、あっという間に腐ってしまうんだとか」

「少し違いますね。人体と同じ速度で腐敗する人工皮革を、開発しようとしているらしい」

「特殊な紙を扱っている、津坂の工場でも、同じような研究をしていると、聞いています」

「それも違う。あそこでは、包むだけで自然に発熱して、燃え尽きた後には何も残らない、そんな紙を開発しているんです」

「そんな妙な危険な研究をして、おとがめなしなのは、役人たちと持ちつ持たれつの、なあなあの関係だからじゃないんですか。そこを、警察は調べないんですか？」

加納も、津坂の工場で、特殊な封筒を作ってもらったはずなのに、告げ口するようなことを、いい始めた。

それだけ、加納も追い込まれているのだろう。

「彼らがやっているのは、まじめな研究ですよ。少なくとも、加納さんが他人を告発して、その告発された相手が、何者かに殺されるのに比べれば、彼らの研究は、はるかに殺人から距離がありますよ」

十津川は、笑って、突き放した。

5

翌日開かれた記者会見でも、役人の行方不明事件が問題になった。一連の事件について、記者クラブが、捜査本部の見解を求めたのだ。

十津川は、捜索願が出されている件については、地元警察が通常の手続きにのっとって調べる、と述べるにとどめた。

記者たちの間から、不満の声が上がると、十津川は、説明を加えた。

「行方不明者については、他の事件との関連が明らかになっていません。自ら失踪する理由もなければ、何者かが連れ去る動機もなく、現時点では、事件性がはっきりしないのです」

「だからといって、手をこまねいているつもりなんですか？」

と、記者のひとりが、挑発するように質問した。

「そうではありません。具体的にわかっている殺人事件に、捜査を集中したいといっているのです。皆さんもご存じのように、加納駿次郎氏が告発の手紙を送った相手が、殺されたり襲われたりする事件が続発しています。この一連の事件の犯人は、非常に悪質です。殺す相手を選んでいるのは他人であって、自分には大して罪はないと考えているからです」

「しかし、そうなると、犯人と被害者の間に接点がなくなりますから、犯人を見つけるのが、困難になるのではありませんか。容疑者は上がっているのでしょうか？」

「本件は、非常に特殊な事件で、確かに被疑者の絞り込みが困難です。実は、都内の三十代の男性を、実行犯につながる可能性があると見ていました。しかし、この男にも、全く同じ現象が起きました。消えてしまったのです。我々も必死に探していますが、いまだに見つかっていません。足取りも、宙に消えているような状態です」

「それでは、警察は、全く何もしていないんですか？」

「何もしていないというより、できることがないんです。その消えた三十代の男が、一連の事件に関係しているのでは、という情報はあったのですが、まだ確実な証拠は出ていません。証拠があれば、参考人として手配することもできますが、今のところ、そこまで踏み切れる状況ではないのです」

十津川の話は、半分事実で、半分、嘘だった。意識的に、嘘をついたのである。

さらにいえば、意識的に、捜査の放棄を表明したのだ。

姿を消した役人と役人ＯＢの六人、副大臣と秘書。それに、名前は公表していないが、ヤクザの原田。こうした行方不明者については、本筋の事件との関係が不明だから、積極的な捜査はしない。

そのように、記者たちの前で、あえて宣言したのである。

当然、記者から、なぜ捜査放棄をするのか、さらに突っ込んだ質問が集中した。

想定された質問だったので、十津川には、余裕があった。

「確かに、現象としては、たとえば三人の現役の役人と、三人の役人OBが消えたということがあります。逆にいえば、それ以上のことは、わかっていません。誘拐されたという証拠もありません。事件に巻き込まれたという証言もなければ、遺体が見つかったわけでもないのです。ここで警察が騒ぎ廻っても、仕方ないでしょう」

「一つ、怖い情報があります。ある町工場で、特殊な人工皮革を開発したというのです。その新しい人工皮革は、人体と全く同じスピードで腐敗する。さらに、腐敗を大幅に加速させるという人工皮革を開発中という情報もあります。これは本当ですか？」

ひとりの記者が、この情報を、十津川にぶつけると、別の社の記者たちも、口々に追随した。

「その情報は、わが社でも、つかんでいます。この人工皮革で死体を包むと、非常に速い速度で腐敗していくそうです。そうなると、死体の発見が困難になり、事件が起きているのかどうかもわからない殺人が、可能になる。完全犯罪が成立してしまうのではありませんか？」

「特殊な紙についての情報もあります。ある町工場が開発した、特別な紙を使うと、火がなくても、高熱を発生させられるそうです。つまり、この紙で死体をくるむと、自然に熱が発生して、死体を焼き尽くしてしまう。しかも、その紙は、全く燃えカスも残らないというのです。これも、悪用されれば、完全犯罪が生まれるのでは？」

記者会見場が、ざわついた。

十津川は、笑った。そして、いった。

「そんな夢物語が、本当に成功していると思うのですか？」

「確かな筋からきいていますが、違うんですか？」

「当たり前でしょう。そのような研究を、何十年にもわたって続けているところがあるということは、我々もつかんでいます。だが、これまでに成功したという報告はありません」

「絶対に成功していないと、いえますか？」

「研究を続けていると、聞いていますからね。研究を続けていれば、補助金や開発費が出るんじゃないですか。永久に、研究を続けるかもしれませんよ」

「補助金や開発費目当てですか。ひどい話だ」

「私は、全く、そうは思わない。地震予知の研究なんかもそうでしょう。今まで、地震予知のために、どれだけ予算を使っていると思うんですか。そのために、国家事業として、観測や研究を続けているのに、全く予知などできていない。三十年以内に東海地震が起きるなんて、誰だって、いえますよ。私だって、いえる。それが、地震予知の現状じゃないですか。それができないものだから、火山の噴火予知を一緒にして、数字上の実績を上げようとしている。火山の噴火は、地震よりは予知しやすいですからね。ともかく、それに比べれば、いくら補助金や開発費が出ていても、人工皮革や紙の研究は、かわいいものでしょう」

と、十津川が、一気にしゃべった。

記者がひとり、手を挙げた。

「では、人工皮革や特殊な紙の研究は、禁止しないんですか？」

「当たり前でしょう。警察は、研究の邪魔はできません」

「警察が、完全犯罪の道具を野放しにして、どうなりますか？」

「いいいいい」

「キョウフガヒロガル！」

「なんですって？」

「恐怖が、広がっていくんだ」

と、十津川が、今度は静かに、いった。

「どういう意味ですか？」

「自分に世の中を動かす力があると、錯覚している人間がいる。悪党を殺しても、最初にそいつを告発したのは別の人間だから、自分の罪ではないと思っている奴がいる。そんな錯覚に陥っている連中も、命を狙われ、恐怖に苛《さいな》まれることになるだろうね。今までは安全地帯にいて、自分が操る立場だと思っていた人間にも、恐怖が広がっていく。私は、そう考えている」

「そういう人たちが、警察に、助けを求めてきたら、どうするんです？」

「どうして自分が狙われていると思うのか、詳しく事情をきいて、納得したら、助けてやりますよ。実は、またひとり、突然、行方不明になった男がいるんです。なぜか急に金回りがよくなった男で、加納氏の周辺を調べていたようです。生きていれば、彼も、恐怖に駆られているんじゃないでしょうかね」

「それが、恐怖の広がりですか？」

「私が勝手に、そう呼んでいるだけですがね。ひとり、またひとりと行方不明者が出れば、残った無事な人間も、次々に蒼ざめた顔になっていくと思いますよ」

十津川は、最後にまた笑って、記者会見を締めくくった。

加納が得意満面だった時期は、十津川たちの捜査は、手詰まりになっていた。世の「悪《ワル》」に告発状を送る彼と、殺しを実行する犯人の関係が見通せず、突破口が、どうしても見つからなかったのだ。

それが、ここにきて、少しばかり様子が変わってきた。

十津川がいった、「恐怖の広がり」なのだ。

実行犯の疑いがある者まで、怯えきって、警察に、助けを求めてくるようになってきた。

何の前触れもなく、姿が消える。そして、そのまま腐敗して、土になってしまう。

そんな噂が、裏の世界で、まことしやかに流れているのだ。

特に、思い当たるところがある者が、恐怖に耐えきれなくなってきた。

このまま、十津川たち警察が黙って見ていれば、恐怖は、自然に広がっていく。

不思議なもので、世の中も、勝手に恐怖を広げてくれる。

時には、十津川たちが、少し噂を抑えにかかる。そうすると、それに反発するように、噂の広がりに加速度がつくのだ。

実行犯二人が、自首してきた。

二人の供述は、同じだった。二人とも、加納が告発の手紙を送った「悪《ワル》」を脅して、大金を手に入れていた。

殺されたくなければ金を出せと脅したのに、金を懐に入れてから、相手を殺した。「名指しされた相手を殺しただけ」で、良心の痛みは感じなかったという。

ところが、ここにきて、自分も突然、誘拐されて、殺され、人工皮革に包まれて、地中に埋められるのではないか、という恐怖に駆られた。誰にも知られずに、始末されてしまうのではないかと考え、無性に怖くなったというのである。

二人とも、そうやって口々に、殺人を告白し、脅迫で手に入れた金の在《あ》り処《か》を供述した。そうして、ようやく、ほっとした表情になった。

「楽なものですね」

と、亀井は笑った。が、十津川は、途中で、笑いを消した。

「それはいいんだが、三人の現役の役人と、三人の役人OB、副大臣と秘書、それにヤクザが一人、消えたままなんだ。ヤクザはともかく、六人の役人たちは、殺人の実行犯だったとは考えられない。どうして消えてしまったのか、誘拐されたとすれば、どうして誘拐されたのか、全くわからないんだ」

「やっぱり、いつもおごらされたり、タクシー代をたかられたりするのに、町工場の人たちが腹を立て、経済的にも我慢できなくなったのではありませんか？」

「前にもいったが、それは絶対にないよ。役人と町工場の社長の力関係は、もちろん役人の方が上だが、どこか持ちつ持たれつの関係でもあるからだ」

十津川は、町工場の社長や職人たちから貰《もら》った名刺を、机の上に並べてみた。

いずれも、大きめの武骨な感じの名刺である。今風の横書きではなく、どれも縦書きだ。

会社名、工場名の横に、業種や取り扱い分野が書かれている。

皮革製造・開発

紙加工

各種印刷

ほかにも、いろいろな業種があった。

（みんな、誇りを持つ人たちなんだ）
と、十津川は思った。

第七章「面白くて怖い時代」

I

突然、加納が蒲田に戻ってきた。

それも、町工場が集中する地区に、である。

「とさ加工」の看板を掲げ、小さな町工場を開いたのだ、いや、再開である。加納の父が立ち上げ、死んだ兄と共に引き継いだ町工場を再興したのだ。

以前よりも、規模はかなり小さい。それでも、億単位の資金は必要だった。以前の工場の敷地を売った金を充《あ》て、残った金は、地元に寄付したという。

十津川が「とさ加工」を訪ねると、出てきた加納は、作業着姿だった。

「思いきり、汚れてますね」

十津川が、からかうと、加納は、

「告発者の顔と、一刻も早く、おさらばしたいんですよ。今までは、ちょっと得意になっていましたが、それがどう見られていたか、心配で仕方がない。ある日突然、消えてしまうなんて、怖いですからね」

本気で、いっているのが、わかる。

十津川は、つい笑ってしまった。

「あの家紋入りの封筒や、ぜいたくな名刺やカードは、どうしているんですか？」

「手紙は全く出していません。あんな告発の手紙なんか、今は怖くて、とても出せないし、書けませんよ」

「あの『昭和維新の歌』は、どうなったんですか？　令和の世を、昭和の精神で糺《ただ》すのではなかったのですか？」

「確かに、そのつもりだったんですが……」

「私は、二番が、特に好きですよ」

十津川は、手帳を取り出して、朗読する。

権門上《かみ》に傲《おご》れども
国を憂《うれ》ふる誠なし
財閥富を誇れども
社稷《しゃしょく》を思ふ心なし

「この通りじゃありませんか」

と、十津川が、いうと、加納が、うなずく。

「確かに、歌の通りですが、当人がそれにふさわしい人間じゃないといけない。それに気付きました」

「二・二六事件で亡《な》くなった、お祖父《じい》さんの日記は、どうするんですか？　日記には、あなたの気に入る言葉が、数多くあったのでしょう。そこから抜き書きして、あなたが警告する相手に、送りつけていましたね。あれも、止《や》めたんですか？」

うーん、と加納は唸《うな》ってから、

「祖父には申し訳ないと思ったのですが、これからは、戦争に近づくような思想は、口にしないことにしようと決めたのです。二・二六から、日本が戦争に傾斜していったのは、間違いないことですから」

と、いった。

「日記も『昭和維新の歌』も、引用しないし、唄《うた》わないつもりなんですね？」

「祖父の日記は、神棚に納めました。手帳に書き写していた『昭和維新の歌』の歌詞も、全部消しました」

「徹底してますね」

「今は、一刻も早く、前の工場に戻りたいですよ」

「金属加工というと、メッキですか？」

「ええ、うちの『とさ加工』は、メッキが得意でした。私は一時サラリーマンをやっていましたので、工場に戻る時には、ずいぶん、メッキの勉強をしましたよ」

「メッキというと、金属や時には木材などを、他の金属の薄い膜で覆《おお》って、見た目を美しくしたり、丈夫にしたりするものだと、私なんかは単純に考えているんです。ブリキやトタン、それに自動車部品みたいに」

「そうです。自動車には、目立つ場所にも、内部の部品にも、至るところでメッキが使われています。特殊なものでは、仏像や大黒様の人形に、金メッキすることもあります。そもそも、奈良の大仏様も、金メッキされていたといわれていますからね」

「何か、メッキの面白い使い方はありませんか？」

十津川が水を向けると、途端に加納は明るくなり、滔々《とうとう》と、しゃべり始めた。

メッキには、溶融メッキ、電気メッキ、無電解メッキ、乾式メッキ、湿式メッキなど、いろいろな方式があるが、今は、ほとんど電気メッキだという。

メッキに使う金属は、金、銀、白金、ニッケル、亜鉛、銅、錫《すず》など、さまざまだが、加納は、自分が魅《ひ》かれるのは、やはり金だと、いった。

人形に金メッキをしたことはあるが、本当は、人間の体に、完全な金メッキを施してみたい、というのである。

「死体でも面白いでしょう」

と、加納は、いい始めた。

「全身に完全な金メッキを施して、遠くの野原の隅に座らせておいたら、見かけた人が、どんな反応を示すか、楽しみですよ。金メッキの人形か、中身は人間なのか、見る人は、わかりませんからね。金色の皮膚を、見守るだけになるでしょう」

「工場で、そんな研究をしているんですか？」

さすがに十津川も、不気味なものを見るように、加納を見て、きいた。

「蒲田の町工場は、どこも窮極の研究をしているんじゃありませんか。古い町工場のいいところは、自由な研究の時間があることですから」

加納は、すっかり元気な声になっている。十津川は、そんな加納を、じっと見た。その明るさが消えないうちに、きく。

「その調子で、正直に答えてほしいんだが」

「いいですよ。私が答えられる質問なら」

「あなたは、五十歳の時に、生き方を変えた。メッキ工場を畳んで、土地を売って、『悪人』を告発する生活を始めた。その時、本当に告発したい悪人にしか、手紙を出さなかったのですか？」

「当たり前ですよ。私は、当人が反省して、行動を変えてくれることだけを、願っていたんですから」

「それ以外の人に手紙を出したり、手紙を出したことを、誰かに話したりはしなかった？」

「ありません。手紙を出したことを、人に知らせる気も、全くなかった。だから、私が告発した『悪人』が、なぜ突然、殺されたり襲われたりするのか、不思議で仕方がなかったんです」

「告発の手紙を送るだけでは飽き足らず、懲《こ》らしめてやろうとは、考えなかったんですか？」

「繰り返しになりますが、私が求めたのは、自己反省だけです。だから、自分で懲らしめようとか、他人の力を借りて、痛めつけようとか、そんな気は全くありませんでした。そもそも、現場の仕事は卒業したつもりでしたから」

「あなたの手紙を受け取った相手の末路を見て、痛快だったんじゃありませんか？」

「それは違います。そんなつもりはありませんでしたから。ただ、自己嫌悪《けんお》に陥るということもありませんでした。『悪人』を襲えと命じたわけではないし、手紙を送った先を公開したわけでもありませんから」

「しかし、実際に、あなたが手紙を送った相手は、次々に殺されているんです」

「それが、どうしてもわからない。手紙を受け取った人が、自慢して見せびらかすはずもありませんから」

「本当に、わからないのですか？」

「本当です」

と、加納は肯《うなず》いた。しかし、彼の顔に、小さなゆがみがあるのを、十津川は見逃さなかった。

「あなたは、『悪人』に送る手紙に、超薄型の送受信機を仕込んでいたね。封筒に印刷した家紋の部分に、送受信装置を隠していたじゃないか。あの送受信機のせいで、あなたが手紙を送った相手が知られたのではないのかね？」

「あれは、十万分の一の遊びのつもり」

と、加納が笑った。

「十万分の一の遊び？　それは何です？」

「手紙は、たった一人、本人にしか届きません。警告という面白さはあっても、無視されたり、握りつぶされたりすれば、それでおしまいです。それが何か空《むな》しくて、つい、遊びをしてしまったんです」

「十万分の一というのは、何です？」

と、十津川の眼が尖《とが》る。

「例の送受信機には、一つずつ、五桁《けた》の数字をセットしてあるんです。00000から99999までの、十万通りの数字の一つを、ランダムに割り当てました。つまり、暗証番号ですよ。送受信機からの信号を傍受した者が、この暗証番号を間違わずに入れることができれば、どこから信号が届いているか、つまり手紙の在《あ》り処《か》が分かるようになっているんです」

「手紙の受取人が外部に知られたら、その人に、危険が及ぶとは考えなかったんですか？」

「だって、銀行の暗証番号より、ひと桁多いんですよ。当てるのは、銀行の暗証番号に比べても、十倍の難易度です。十万分の一です。まず当たりません」

「しかし、その数字遊びを続けていたんでしょう？」

「一回も、的中者はいませんでしたよ」

「どうして、いなかったとわかるんですか？」

「正しい暗証番号を入れた者が出ると、私の方にも、信号が届くようになっているんです。それが一度もなかったんですから」

「それでも、あなたが警告した相手が、何人も殺されているんですよ」

「だから、不思議なんです。十万通りの番号の中から、たった一つの正しい暗証番号を当てるなんて、できるはずがないんです。しかも、それは送受信機から信号が出ている間に、打ち返さなければなりません。もちろん、何回か暗証番号を間違えれば、無効になってしまいます。普通のコンピュータに、プログラムを入れたくらいでは、絶対に無理です」

と、加納は、いうが、十津川は納得していなかった。

「あの送受信機を作ったのは、昔から独自の技術のある町工場ですね。あなたの遊びに、挑戦しているつもりかもしれませんよ。ああいった町工場なら、あなたの遊びは、簡単に見破られて、逆に利用されてしまうのではありませんか？」

「しかし、町工場の人たちは、私も以前から知り合いなんですよ。それに、私が、あの技術を高く買って、発注しているんです。私の邪魔をするとは思えませんね」

「私たちの捜査では、いろいろと怖い情報も入ってきています。あなたの耳にも入っているんじゃありませんか？」

「十津川さん、それなら、あの町工場の職人たちが、私を裏切っていたというんですか？」

「いや、もちろん、他の町工場と同じく、自分たちの研究や技術開発を続けているだけかもしれません」

「それなら問題ないじゃありませんか」

「たとえばですよ、あの送受信機の信号を解読すると、暗証番号が割り出せるような仕組みが仕込まれていたら、どうですかね。悪意はないかもしれないが、どこに送受信機があるか、すぐにわかってしまいます。それに、あの送受信機は超薄型だから、たとえば密《ひそ》かに名刺に埋め込むことだってできるでしょう。そうなったら、名刺をもらった人が、今どこにいるか、彼らは常に把握できることになるんですよ」

「怖いことを、いわないで下さいよ」

「加納さんだって、さっき、金メッキについて、怖い話をしたじゃありませんか」

十津川は、全く笑っていなかった。

今回の一連の事件は、警告の手紙に始まって、殺人、襲撃、脅迫に振り廻され続けた。

十津川は、ようやく、真相の一端がわかりかけてきた気がしていた。

本当にわかっているのか、確信はなかった。事件の関係者を含めて、何人もの人間が消えてしまい、まだ、一体の死体も見つかっていないのだ。

むしろ、実感としてわかってきたのは、恐怖だった。

貧しい町工場地帯。戦前も、戦後も、小さな工場の集まりだ。役所の補助金に支えられ、ようやく息をついている地区だ。

その町工場地帯が、今、十津川は怖かった。

目の前にいる加納のことも、怖かった。父から受け継いだ金属加工とメッキ工場を失い、再興しようとしている加納。彼の金メッキの話を聞いていると、怖くなってくる。金メッキが行き着いた先に、何を考えているのか、それがわからないのだ。

「あの送受信機の工場に、確認してみますか？」

十津川が、きくと、加納は首を横に振った。

「確認してみたい気持はありますが、止めておきます。イエスといわれても、ノーといわれても、確かめようがないし、信じようもありませんからね」

「あなただって、ひそかに人間の体に金メッキを施して、野原の隅に放置しているかもしれませんからね。怖いのは、どっちもどっちだ」

と、十津川は、いった。

言葉は冗談めかしているのだが、相変わらず、笑うことができなかった。

2

十津川は、夜、事件現場の周辺を歩くのが気に入っている。

今回は、蒲田の町工場地区である。

蒲田は、全体として、工場地区から次第に、住宅地区に変わっていこうとしている。この勢いは止められないだろうが、それでもこの一帯は、最後まで、小さく古い町工場が残るのではないか。

十津川は、今晩も、亀井と二人で、蒲田を歩くことに決めた。夕食を取るため、という名目である。

小さな町工場が多いので、工員や職人相手の食堂も多い。ラーメン屋や蕎麦《そば》屋、定食屋、ちょっとしゃれたところで洋食屋である。

店で働いているのも、若い女の子より、おばさんが多い。

二人は、日本蕎麦の店で、カレー南蛮を食べた。

少し歩く。

郵便ポストがある。加納が、問題の封書を投函《とうかん》したかもしれないポストである。

今どき珍しい銭湯。その横に、飲み屋が三軒、並んでいる。

同じような作りに見える飲み屋だが、客ダネは違うというから面白い。

その先に、バス停。バスに乗れば、三つ目のバス停が、蒲田駅になっている。

「向こうの明るいところが、《紙》でしょう」

と、亀井が、いった。

「この時間でも、まだ仕事をやっているんだ」

「コロッケパンでも食べませんか？」

「《紙》で、パンも売っていたかな」

「うまいことに、隣りがパン屋です」
「そうだった」
間口一間の、小さなパン屋である。店には、中年の女性が一人でいた。
二人は、売れ残って半額になっているコロッケパンを、一つずつ買った。
パンの棚の横に、紙が入ったカゴがあった。「コロッケパン・カツサンド　温め用」
と書かれている。
値段は五十円である。隣りの《紙》が作った、自動発熱の紙に違いない。二人は買
ってみたが、確かにこの値段では、普通は売れないだろう。
《紙》の工場の前に、金属製のベンチが出ていた。二人は、少し離れて腰を下ろし、
五十円の紙に、冷えて硬くなったコロッケパンを包んで、ベンチの上に置いた。
紙が、たちまち熱くなっていく。完全に燃え尽きると、そこには、熱くなったコロ
ッケパンだけが残った。
二人が、ベンチでコロッケパンを食べていると、《紙》の社長、津坂がやってきた。
紙コップのコーヒーを、二つ持っている。
「サービスです。紙代五十円の内です」
と、笑う。

「おたくで作っている一番大きな紙なら、人間一人、包めますか？」

と、十津川が、きいた。

「そうですね。一番大きいサイズなら、なんとか」

「売れますか？」

「今日、一枚、売れました」

「野外でバーベキューでも、やるんでしょうか？」

「いや、これは実は、いってはいけないのかもしれませんが、愛犬が亡くなったそうなんです。自分たちで火葬にして、田舎で散骨したいそうで。大きな犬だったようで、その身体《からだ》を包める一番大きな紙が必要になったんですね」

「狂犬病の関係があるから、犬が亡くなった場合は、死亡届を出さなければいけませんよ」

と、亀井が、いった。

「死亡届は、出しているそうです。火葬も、本来は、いけないのかもしれません。保健所には、いわないで下さいね」

津坂が、少し笑いながら、いう。どこまで本当なのか、わからない。

「失礼だけど、変わった注文が、ほかにもあるんですか？」

「無電解メッキに強い紙がほしい、という方がいましたね」

「電気メッキじゃないんですか？」

「金箔《きんぱく》や銀箔では、無電解メッキの方が、しっかり強固に貼《は》りつくそうです。剝《は》がれないからと、そちらを選ぶ人が多いらしいですよ」

「金箔や銀箔となると、きっと、お金持ちなんでしょうね？」

と、亀井が、水を向ける。

「渋谷の宇田川町《うだがわちょう》にお屋敷のある、大した資産家ですよ。会社の社長ですが、元は大相撲の力士でした。すこし前に亡くなりましたけど、立派な身体でしたよ」

「まさか、立派な身体だからといって、金箔を貼りつけた像にして、飾るつもりじゃないでしょうね」

「どうでしょうかね。うまくいけば、素晴らしい黄金の像が完成しますよ」

津坂は、また笑った。そして、ひとり言のように、いう。

「誰もが、黄金の人形と考える。中に、あの社長の遺体があるとは思わない。生前の社長をモデルにして造った、金メッキの人形だとしか考えないでしょう。そうすると、みんなの意識の中で、消えてしまうんです。社長の遺体がね」

それを聞きながら、十津川は、黙って亀井を見た。

元力士の社長が経営していた会社「日本富嶽《ふがく》株式会社」の本社は、東京駅八重洲《やえす》口にある。

同社の第二代の社長、広田修一郎《ひろたしゅういちろう》が、元関脇《せきわけ》の「富嶽」だった。

大男揃《ぞろ》いの現代相撲でも、二メートルを超す長身で、吊《つ》り出しが得意だった。双差《もろざ》しになられることも多かったが、それを苦にせず、強力な両腕で抱え込み、委細構わず、土俵の外に吊り出した。

その膂力《りょりょく》があまりにも強かったため、すぐにも横綱という声が出たが、不思議に、うまく行かなかった。

十二勝以上なら大関といわれる場所でも、なぜか十一勝で終わってしまって、結局、関脇止まりだった。

富嶽関は、引退後は相撲界に残らず、叔父の興《おこ》した会社に入った。それが「日本富嶽」で、しこ名も、叔父の会社名にちなんでいた。

そして、叔父から社長の座を受け継ぐと、彼の代で、業績を数倍に伸ばした。力士としての現役時代より活躍したと、いってよかった。

中興の祖というより、最初の成功者である。

その功績を称《たた》えて、「富嶽」の黄金像を造ることになったらしい。もちろん、その堂々たる体軀《たいく》を記念する意味もあったのだろう。

そこまでは、十津川も納得したが、気になったのは、《紙》の社長の言葉だった。

富嶽の黄金像がうまく造れれば、広田修一郎の遺体は消えてしまうだろう、という言葉である。

その言葉が、どうしても気になった十津川は、黄金像が完成したと聞いて、亀井と、秋田へ向かった。黄金像を見に、いや、調べに行ったのである。

富嶽こと広田修一郎の郷里は、秋田の八郎潟《はちろうがた》の近くだった。

日本富嶽株式会社は、ここに小さな記念館を作り、問題の黄金像を安置しているというのだ。

ほぼ全身、金箔貼りの黄金像である。

「富嶽　広田修一郎第二代社長像」としか、書かれていない。どのようにして造られた像なのか、不明なのだ。

「生前の二代目社長をモデルに、金箔貼り社長像を造った」

「二代目社長の遺体に、特殊な方法で、金メッキを施した」

どちらとも、とれるのだ。

普通は、最初の見方になるだろう。

「確かに、この黄金像の中に、二代目社長の遺体が入っていると考える人は、いないでしょうね」

と、亀井が、いった。十津川も、うなずいて、

「モデルを見ながら、あるいは写真に撮って、それを参考にしながら、像を造っていくのが普通だろうね」

「金メッキの黄金像自体が、日本では珍しいし、金メッキの中に、本物の遺体が入っているなんて、想像もしないでしょう。普通に、モデルを見ながら、像を造ったと考えますよ」

「確かに、そうだ。あの黄金像の中に、富嶽関の遺体が詰まっていると考える日本人は、まず、いないだろうね」

十津川は、黄金像を見つめていた。

しかし、もしも、この黄金像の中に、富嶽こと広田修一郎の遺体があるとしたら、どうだろう。

見る者は、亀井がいうように、そんなことは考えもしないのだ。

そうなると、実際には、眼前に遺体があるのに、見る者の意識の中で、遺体が消え

てしまうことになる。

これが、《紙》の社長が、いっていたことだろうか。

「あの像を造った人間、あるいは造らせた人間が、どう考えていたのか。それが問題だな。何かを企《たくら》んで、人々の頭の中から、遺体を消し去ったのだとしたら、その理由が、どうしても知りたいね」

と、十津川は、いった。知りたいが、答が見つからないのだ。

急に、亀井刑事が、記念館の受付に走って行った。そして、戻ってくると、軽く息を弾ませながら、いう。

「記念館の責任者に、念押ししながら、きいてみました。しかし、中に遺体が詰まっているかどうかは、全くわからないと、繰り返すばかりです。本当に知らないようです」

「やはり、意識して、遺体を消したんだと思うね。あの黄金像を、堂々と飾っておけば、中に遺体が入っているなんて、ますます誰も思わなくなるからね」

「しかし、その狙《ねら》いが、わかりません」

「私もだよ」

十津川は、小さく溜息《ためいき》をついていた。

二人は、黄金像の周辺を調べてみることにした。

富嶽こと広田修一郎は、郷里、秋田県垣植《かきうえ》村の英雄である。

広田修一郎の遺族は、黄金像を、記念館ごと、郷里の村に寄付した。使われた黄金だけでも、その価値は数千万円に相当するという。売却しないことが、寄付の条件だった。

記念館が落成した直後は、地元新聞やテレビが取り上げてくれて、見物客が押し寄せたという。金色に輝く黄金像という珍しさに魅かれたのだろう。

しかし、記念館としての売り物が、たった一体の黄金像だけとあって、すぐに飽きられてしまったのだ。

十津川と亀井は、東京に帰ってからも、富嶽の黄金像に注目していた。

ある時は、二人組の窃盗犯が、黄金目当てに忍び込んだというニュースを眼にした。

記念館には、侵入者を感知すると、建物全体が催涙ガスで蔽《おお》われるというセーフガードが設けられていて、二人組は、あっけなく逮捕されたという。

入場者は、増えるどころか、減る一方だと聞いて、十津川と亀井は、再度、記念館を訪れることにした。

この日、一般入場者ゼロ。

朝、到着してから、昼過ぎまで見ていたが、十津川たち二人以外の入場者はいなかった。

こうなることを予想して、事前に記念館に依頼して、入場者からアンケートを集めてもらっていた。

黄金像の中身は、どうなっていると思うか、というアンケートだった。

一ヵ月分、集めてもらったが、数は決して多くなかった。

しかし、その結果は、十津川が予想した通りだった。

本物の遺体に、金メッキを施したと考える人は、ゼロである。

つまり、回答者全員が、生前の二代目社長をモデルに銅像を造り、そこに金メッキをしたと、答えていた。

予想通りだった。

遺体が、消えたのだ。

誰かが消したのか、図らずも消えたのか。

遺体は、簡単に消せる。

その事実が、十津川の頭に、強烈に残った。しかも、消えたことを不審に思う人は、一人もいないのだ。

これが巧妙な犯罪なら、犯人は、周到に計画し、結果を的確に予想し、完全犯罪に成功したことになるのだ。

3

現役の役人三人と、役人OB三人の六人が消えてしまった事件も、解決の目処《めど》がつかない。

十津川は、事件の核心がわからないことを逆手に取り、それを理由のない恐怖に変えた。それによって、隠れていた殺人者を炙《あぶ》り出すことに、半ば成功した。

しかし、消えた六人の役人の行方は、依然として不明である。これが犯罪だとするなら、その動機もわからないのだ。

十津川は、加納に、捜査本部に来てもらった。

加納は、以前とは違って、作業服姿で現れた。バイクに乗ってきたという。

「すっかり、メッキ工場の社長さんになったじゃありませんか」

と、十津川が笑うと、加納は、小さく手を振った。

「ずっと逃げてきましたからね。今も修業中ですよ」

「工場の方は、大丈夫ですか？」

「父や兄がいた頃は、私は営業と管理をやっていたんです。メッキの技術は勉強していますが、実地の経験はありません。だから、メッキの専門家に来てもらうことにしました」

「高村《たかむら》さんという方ですね」

「ご存じでしたか？」

加納が、びっくりしたように、きくのに、十津川は、うなずいた。

日本富嶽株式会社の二代目社長、元富嶽関こと広田修一郎の黄金像を捜査する過程で、浮上してきたのが、高村だった。

あの黄金像の製作と金メッキの作業を請け負ったのが、高村だったのだ。

黄金像を造った当時、高村は、自分ひとりの工房を持っていた。それが、加納にヘッドハンティングされて、「とさ加工」の技術責任者を委《まか》されている。

その事実がわかったので、加納を、捜査本部に呼び出したのだ。

「高村さんは、日本富嶽の広田修一郎社長の黄金像を造っていますね。そのことは、知っていましたか？」

と、十津川は、加納に確認した。

「ええ、もちろん。あの会社は、二代目社長に、富嶽関と広田さんが就いてから、みるみる大きくなりましたからね。その功績を長く称えるために、黄金像を考えたと聞いています」

「私も、広田家が秋田県の垣植村に建てた記念館と、そこに安置された黄金像を見てきましたよ」

「そうですか。二メートルを超す身長ですから、さぞ見事なものでしょう」

「確かに、圧倒される大きさだが、入場者は、我々以外は一人もいなかったね」

「それは仕方ないでしょう。二代目社長の広田修一郎さんは、会社にとっては英雄だけど、日本の英雄じゃありませんからね」

「あの巨大な黄金像の中には、広田修一郎の本物の遺体が入っている。私は、そう思っているんだ。前に、あなたがいっていた金メッキの方法で、遺体にぴったりと、金箔が貼りつけてあるんでしょうね？」

と、十津川は、加納の顔を正面から見て、いった。

「黄金像の中に遺体が入っているかどうか、私は知りませんが、高村さんの技術なら、うまく出来るでしょうね」

加納も、十津川の視線を受け止めながら、いったが、答は、ずらしている。

十津川は、さらに加納の反応を見ようとして、いう。

「しかし、誰も、あの黄金像の中に、本物の遺体が入っているとは、考えもしないでしょうね」

「普通は、思いつかないでしょう。十津川警部は、どうして、そんなことを考えているんです？」

「わかりませんか？　これはつまり、広田修一郎の遺体が、消えてしまったことになる」

「それは、そうかもしれませんね。一般の人たちは、あの黄金像の中に、遺体が入っているとは考えませんから」

加納は、平然と答えた。本当に知らないのか、知っていて、とぼけているのか、それはわからない。

「いわばミイラに近いのかもしれないが、本物の遺体で黄金像を造ったのは、初めてなのだろう？」

「高村さんは、新しい方法も、いろいろと研究していますからね」

「あなたも、昔から、メッキ工場の社長だったんだから、知っているでしょう？」

「昔の『とさ加工』は、社長は兄で、私は専務でした」

加納は、相変わらず正面から答えない。十津川は、いらだちを抑えて、いう。

「ああいう形での黄金像を望まれたのは、広田家だと思っているのだが、まさか、高村さんが、勝手にやったわけではないだろうね？」

「そんな勝手なことはしないでしょう。我々、町工場の人間は、お客様のご注文に従います」

「すると、全《すべ》て、広田家の注文に従ったということかな？」

「一口に広田家といっても、ご家族、ご親族が多いと聞いています。いろいろとご意見を交わされた末に、ああいう形になったんじゃありませんか」

「それは、おかしいな」

「どうしてですか？」

「広田家は、黄金像ごと、記念館を垣植村に寄贈しているんですよ。黄金像の中には、一族の英雄である広田修一郎の、本物の遺体が入っている。つまり、大事な遺体を、村に寄贈してしまったことになるんだ。おかしいじゃありませんか。それとも、広田家は、遺体の行方をわからなくしたかったとでも、いうのでしょうかね？」

「そういう話は、私は全く聞いていません」

「だったら、黄金像の中の遺体は、今、どうなっているんでしょうかね。遺体が腐敗していっても、皮膚と金メッキが一体化しているから、黄金像自体は崩れない。そういうことなんですか？」

と、十津川は、しつこい。

「それは、遺体の防腐処理は万全なんじゃありませんか？」

「どうやったら、そんな完全な防腐処理ができるんです？」

「私は、メッキ工場のおやじですから、そこまではわかりませんよ」

加納は、のらりくらりと答えるばかりである。

「防腐処理をしたって、永久に保存できるわけではないだろう。あの黄金像の中で、何遺体が自然に還《かえ》ってしまったら、どうなるか。その時には、黄金像を破壊しても、何も見つからない。見る者の意識から消えただけではなくて、本当に遺体が消えてしまうんだ。誰かが、それを狙って、全てを計画し、実行したんじゃないのか？」

「まさか。それはないと思いますが」

「しかし、その疑いが、自然に生まれてくるんだ」

黄金像の中に、本物の遺体が入っているとは、誰も思わない。

何者かが、その一点を利用して、何かを企んでいると、十津川は疑っている。その疑いが、消えないのである。

十津川は、加納との会話に疲れて、話題を変えることにした。

「ところで、あなたは、『昭和維新の歌』は、もう棚上げにしたんでしたね？」

加納が、にっこりして応じる。

「嬉《うれ》しいことに、やっと新しい歌が見つかりました。おかげで、これからは手紙を書くことがあっても、こちらの歌詞を使うことができます。堂々と、唄いながら書きますよ」

「では、明るい歌なんですね？」

「明るいと思えば明るいし、暗いと思えば暗い歌です」

「思わせぶりだな。どんな歌なんです？」

「土佐、高知の歌です」

「そうか。生き方を変えて、昔の『とさ加工』に戻り、愛唱歌も変えたのか」

「そうですね」

「ちょっと、唄ってみてくれないか？」

どんな歌なのか、「昭和維新の歌」とは全然違うのか、あれこれ想像を巡らせながら、十津川は、加納に持ちかけた。

「それなら、明日、一緒に唄いましょう」

「一緒に、というと、私も知っている歌なのか？」

「もちろんです。有名な歌ですから、ご存じと思います。実は、うちの工場の社員の中に、土佐、高知の出身者が数人いましてね。なにしろ『とさ加工』ですから。明日、一緒に唄って踊る約束なんです」

「ちょっと待ってくれ。唄って踊るって、まさか阿波《あわ》踊りじゃないだろうね」

十津川が、戸惑いを見せると、加納が笑って、いう。

「違いますよ。それこそ、阿波、徳島じゃないですか。季節も外れていますしね」

「そうすると、『よさこいソーラン』かね？　あれは確か、北大の学生の発案で、土佐の『よさこい』と、北海道の『ソーラン節』を合体させたものだったね。毎年六月に、札幌の大通公園を中心に催される祭りじゃなかったかな」

「それが、今年はコロナの影響で、明日から三日間になったんです」

「札幌まで、行くつもりなんですか？」

「いや、こちらはN公園で、ささやかに仲間内だけで、唄って踊るつもりです」

N公園は、十津川のマンションからも近い、大きな公園だ。

加納は、作業服のポケットから、小ぶりな鳴子《なるこ》を取り出して、パチンと鳴らした。

「札幌の『よさこいソーラン』は、鳴子を必ず使うのが、約束事になっています。あとは『ソーラン節』のフレーズを、どこかに入れることだけが決まりで、それ以外は歌詞も自由なので、明日は、思いきり純粋な『よさこい』を唄うつもりです」

加納は、嬉しそうだ。

「『よさこい』や『よさこい節』というと、『土佐の高知の――』と唄う、あれだね？」

「そうです。やっぱり、ご存じですね」

「しかし、あの歌は、女性歌手が唄って有名になった、いわば流行歌じゃなかったのかな。『昭和維新の歌』とは、違い過ぎるような気がするが」

「とにかく、明日になれば、わかりますよ。絶対に来てくださいね。楽しみにしています」

と、加納は、ニヤニヤ笑いながら、帰っていった。

4

十津川は、自分の記憶を整理してみた。

「土佐の高知の――」と唄うのは、確かに「よさこい節」だったはずだ。「よさこい、よさこい」で終わる、あの民謡だ。

女性歌手が唄った流行歌が、その記憶と重なり合う。自分の記憶を探って、「南国土佐を後にして」という題名を掘り出した。口の中で、歌詞を呟《つぶや》いてみた。

南国土佐を後にして
都へ来てから幾年《いくとせ》ぞ

カラオケが苦手の十津川でも、とにかくここまでは出てきたのだから、一時、大いに流行《はや》ったことは間違いない。

ペギー葉山という、当時としては、しゃれた芸名の若い女性ジャズ歌手が歌って、爆発的に売れたらしい。

だから、これは民謡ではなく、新しい流行歌だったはずだ。

しかし、この歌の後半は、「土佐の高知の　はりまや橋で――」と、民謡の「よさこい節」になっていくのだ。

十津川は、インターネットで検索して、「南国土佐を後にして」の歌詞を、確認してみた。

一番から三番まで、どれも最後は、「よさこい節」になる。しかし、そこまでの歌詞と、頭の中で、うまく結びつかない。

　歌われている情景はわかるのだが、表面的にしか理解できていないような、もどかしさがあった。

十津川は、伝手《つて》をたどって、当時の事情に詳しい、音楽プロデューサーを探し出した。彼が勤めるレコード会社を訪ねて、いきなり警察手帳を見せると、驚いた様子で、話を聞いてくれることになった。

「ある事件の関係で、『よさこい』のことというか、ペギー葉山さんの『南国土佐を後にして』のことというか、お聞きしたいことが、急に生まれましてね」

十津川も、うまく説明できない。

しかし、音楽プロデューサーは、勝手に肯いた。

「ああ、毎年六月に札幌で催される『よさこいソーラン』のことでしょう？　今年はコロナで延期になりましたよ」

「お聞きしたいのは、まず『南国土佐を後にして』のことなんです。歌詞は、題名通りのフレーズで始まりますよね。土佐の歌のはずなのに、あれでは、土佐の歌ではなくて、都に逃げた歌になってしまうじゃありませんか」

「それを、わざわざ聞きに見えたんですか?」

プロデューサーが、少しあきれたように、いった。

「そうですよ。ある事件の解決に必要かもしれないんです」

「なるほど。少し長い話になりますよ」

「やはり、そうですか」

プロデューサーは、コーヒーを二つ、持って来させてから、本格的に話を始めた。

「ペギー葉山が歌って売れたので、全く新しい歌と思われていますが、本当は、古い歌なんです」

ペギー葉山の「南国土佐を後にして」がヒットしたのは、一九五九(昭和三十四)年である。十津川も、基本的なことは調べてあった。

「彼女は、ジャズ歌手でしょう?」

「全く新しいタイプの歌手でした」

「よく我慢して、古い歌を歌ったものですね?」

と、十津川がいうと、相手は笑った。

「最初は、拒否されたそうです。古い歌というだけの理由ではありません」

「ひょっとして、戦争が関係している?」

「そうです。戦争が、からんでいます」

「曲調からは、全く、そんな感じはしませんがね」

「そうでしょう」

プロデューサーが、ペギー葉山のCDを、かけてくれた。

少し高音の若い声である。戦争の匂《にお》いは、全くしない。

さらに、相手は、分厚いファイルから、古い写真のコピーを取り出して、テーブルに並べた。

戦争中の中国だろうか。荒涼とした広野の風景である。並んで写っている、日本陸軍の兵士たち。一様に、疲れ果てて見える。

「旧日本陸軍第四〇師団、歩兵第二三六連隊です。日中戦争から太平洋戦争と戦い続けて、中国の奥地に取り残されていました。彼らは、自分たちのことを、『鯨部隊』と呼んでいました」

「ああ、わかります。土佐出身の兵士たちなんでしょう。土佐は、国内捕鯨の盛んな土地だから、自分たちのことを、鯨に、なぞらえたのではありませんか？」

「その通りです」

「彼らが歌っていたのが、『南国土佐を後にして』なんですね？」

「誰が作って、いつから歌われていたのか、そういうことはわかっていません。しかし、鯨部隊の兵隊たちの間で、歌われていたのは事実です。だから、故郷の『よさこい節』が、織り込まれているんでしょう」

「戦地にいる彼らには、望郷の念しか、なかったはずです」

と、十津川が、いうと、相手も、うなずいた。

「いつ帰国できるか、わからない。帰れないかもしれない。それで、自分たちで望郷の歌を作り、曲をつけて、歌っていたんでしょうね」

「今の『南国土佐を後にして』の歌詞には、その匂いは感じませんが」

「歌詞は、少し違っていたようです。たとえば、『都へ来てから』のところは、元は『中支へ来てから』だったそうです。また、二番の『月の浜辺』は、元は『月の露営』でした」

「この歌を歌っていると、いつか帰国できると思い込むことができたのかもしれませんね」

「突然、戦争が終わって、復員した兵隊たちが、この歌を故郷の土佐に持ち帰りました。そして、戦後も、彼らによって、歌い継がれていたのです。『南国節』とか『よさこいと兵隊』とか、いろいろな呼び方があったようです。歌詞やメロディーも、少しずつ違っていました。それを、地元在住の作曲家が、まとめて、編詞編曲したのが、『南国土佐を後にして』になりました。ペギー葉山より前に、地元の民謡歌手によって、レコードも出ています」

プロデューサーの説明で、十津川にも、この歌が生まれた経緯が、少しずつ呑《の》み込めてきた。

「しかし、元の歌のことを知らないと、兵士たちの望郷の歌とは、誰にもわからないかもしれませんね」

「歌詞を変え、明るいアレンジにしたことで、ヒットしたのは確かでしょう。でも、今、十津川さんがいった言葉を、口にする人はいるんです。戦地で、元の歌を歌っていた元兵士たちです。彼らも、だんだんと亡くなっていくなか、戦後、何年も経《た》ってからでも、鯨部隊の生き残りが集まって、戦地で歌った元の歌を、再現して歌ったことがあったと聞いています」

「気持は、わかるような気がしますね」

「みんな、酔って、歌ったんでしょう。ただ、ちょっと嫌な話も、聞いたことがあります」

「どんな話です？」

「いや、ごめんなさい。余計なことを、いいました」

「ぜひ話して下さい。嫌な話の方にこそ、真実がありますから」

と、十津川が説得すると、相手も、腹を決めたような表情で、話し始めた。

「そんな集まりに、一度、うちの若手歌手が参加したことがあったそうなんです。最初は和気藹々《あいあい》で、若い歌手も、戦争の話を、元兵士たちから聞いて、感心していました。ところが、そのうちに酒が回って、元兵士たちが『南国土佐を後にして』の元歌を、歌い始めたんです。それを聞いたあとで、歌手が、彼らにききました。いつも、この歌を歌っているのか、とね」

「何となく、思い浮かびますね」

「その元兵隊さんは、集まると、よくみんなで合唱する、と答えたんです」

「なるほど」

「ところが、その若い歌手は、バカ正直というのか、こんなことを、いったんです。もう止めた方がいい、声がかすれて、聞きにくいと」

「何とも、いいようがありませんね」

「その兵隊さんは、その当時、七十歳過ぎで、物静かな老人だったんですが、いきなり、若い歌手を殴りつけたというんです」

「よほど口惜《くや》しかったのか、それとも――」

と、いいかけて、十津川は、突然、黙ってしまった。プロデューサーが、十津川の顔を見る。

「大丈夫ですか？」

「飲みに、出ませんか？」

十津川が、唐突にプロデューサーを誘った。相手は、戸惑いながら、

「時間はありますが……」

「ぜひ、飲みたい。付き合って下さい」

プロデューサーが、急遽《きゅうきょ》、レコード会社の同僚を誘い、行きつけの飲み屋に行くことが決まった。

三人とも、黙って飲んでいた。

プロデューサーたちを無理に誘っておきながら、十津川は、いつまでも、しゃべらずに飲んでいる。

しかし、その実、十津川は、彼らに必死に話しかけていた。

プロデューサーたちに、ではない。その彼らは、かつて戦地で望郷の歌を歌っていた兵士たちだった。

その兵士たちの姿が、いつしか変わって、町工場の《紙》や《皮》の職人たちになった。

補助金や研究費をタネに、たかってくる小役人や役人ＯＢたちを、適当にあしらいながら、何十年も、一つの仕事に打ち込んできた彼らだ。

その眼は、いつも静かに材料と機械を見つめているように映る。怒ったことなんかないのだろうと思える。

だが、彼らも、怒ることがあるのだ。それも、下を向いたまま、言葉もなく、怒るのだ。

これまで十津川は、彼らの怒る姿、怒る眼を想像しようとしても、できなかった。

ただ、それは、途方もなく怖いだろうことだけは、わかっていた。

それが、今夜、この瞬間、どうにか想像できたのだ。

戦争があった。生死が懸かっていた。

ある日突然、戦場に突き出され、中国の奥地に孤立した。

生きて帰れるかどうかもわからない。

兵士たちの心を支えていたのは、いったい何だったのだろう。

彼らは、望郷の歌を作った。故郷を想《おも》って歌った。

それは、彼らの誇りだったのだ。

それだけは持ち続けた自尊心。

日本人だという自尊心。

土佐の鯨捕りだという自尊心。

土佐の「よさこい」を歌い、踊ってきた誇り。

外地から生還して、数十年。その誇りを、若い歌手に傷つけられた。

だから殴った。もしも元兵士が若かったら、殺していたかもしれない。

十津川が、この話を、音楽プロデューサーから聞いた瞬間、《紙》や《皮》の職人や社長の顔が、眼の前を横切ったのだ。

明日をも知れぬ戦地で、望郷の歌を歌い、復員して数十年後に、若い歌手を殴った元兵士の顔と、町工場のおやじや職人の顔が、二重写しになったのだ。

間違っているかもしれない。

十津川は、町工場の彼らが、いつ相手を殺したいほどの怒りを覚えるのか、怒りに支配されるのか、それを考え続けてきた。

その答が、あの瞬間、見つかった気がしたのだ。

（自尊心だ）

それがある限り、人間は、人間らしく生きていける。

だが、それが激しく傷つけられた時、人間は、どう反応するのだろうか。

たぶん、あの役人たちやOBたちは、ある時、自尊心の強い職人たちに向かって、こんなことを、いったのだ。

「まだ、そんなつまらない研究をやっているのか。いつまで儲《もう》かりもしない仕事を続けているんだ」

きっと、役人たちは、いつものように、彼らが卑屈に笑うと予想していたのだ。おごらせるために呼びつけ、タクシー代がないからと、深夜に工場の車を回させた時のように。

町工場の彼らには、自尊心なんかないと思ったのか。

だが、彼らは笑わなかった。

ただ黙って、堪《こら》えたのだ。それは、彼らの自尊心の強さを示していた。

おそらく、副大臣と秘書も、彼らに向かって、同じようなことを口にしたのだ。

その時、彼らは、どうするだろう。

人間を包んで燃やせる紙や、身体を包んで急速に腐敗させる人工皮革を手にした彼らは、自尊心が果てしなく傷つけられた時、何をするだろう。

そこまで思考が進んだ時、十津川は、むりやり自分の思考を停止させた。

それ以上考えるのが、怖かった。いや、考えたくなかった。

「大丈夫ですか？」

と、音楽プロデューサーが、声をかけてくる。薄く笑っているのは、酒に弱い十津川が、無理して飲んで、眠りそうになっているとでも思っているのだ。

それは、むしろありがたい。

酒のせいか、思考のせいか。実際に十津川は、勝手に意識を失い、倒れ込んだ。

5

遠くで、若い声が歌っている。

「よさこい」だ。

チャン、チャンという鳴子の音。

まだ酔いが残っている十津川の耳には、それが鯨部隊の兵士たちの歌か、明るい「よさこいソーラン」か、咄嗟《とっさ》に判断がつかない。

加納との約束があるので、むりやりベッドから起き出した。シャワーを浴びて、マンションのベランダへ出た。

加納がいっていたN公園は、十津川のマンションの眼下にある。偶然とは思えなかった。加納は、十津川に「よさこい」を見せつけようとしているのか。十津川が断れないように、このN公園にしたのか。

十津川は、マンションを出て、約束通りの時間に、N公園へ向かった。

加納が、数人の若い男たちと一緒に、ぎこちなく手を振りながら現れた。

ここには、誰も観客はいない。十津川だけである。

どこで入手したのか、加納たちは、全員が、旧日本陸軍の軍服を着ていた。それが、妙に生き生きとして見える。

加納が、政治家や実業家に、「昭和維新の歌」の歌詞や、二・二六に参加して死んだ祖父の日記の一節を書いた手紙を送っていた時の顔は、どこか人間離れして見えた。世の「悪《ワル》」を告発する英雄として、持て囃《はや》されていた頃も、彼の顔は昂揚《こうよう》していたが、どこかに無理が見えた。

それが今は、昂揚こそしていないが、心底、楽しそうに見える。

ニセモノの兵士たちは、軍服姿で歌い、踊りながら、公園にいる人々に、チラシを配っていた。

きっと「南国土佐を後にして」の元歌、戦地で歌われていた望郷の歌詞が、書かれているのだ。そうとしか思えなかった。

加納が、十津川を見て、チラシを丸めて、投げて寄越した。

とても届かずに、途中で地面に落ちる。

「もういいよ。何が書いてあるか、だいたいわかっているから。私のところまで、届かない方がいいんだ」

と、十津川は、皮肉でなく、いった。ちょうど、ポケットの携帯電話が鳴りだしたからだ。

三上《みかみ》刑事部長からの電話だった。

「ちょっと面倒な事件が起きた」

と、三上が、いう。

「日本富嶽株式会社の二代目社長の件を、調べていたのは、君だったな」

「そうです」

「遺産がらみで、親類の一人が、あの社長の死因に、おかしなところがあるといい出したんだ。社長の主治医も、それに同調して、遺体を調べたいという。もちろん、一度、埋葬許可証は出ている。あの広田家の故郷では、今も一部で土葬が行われているようなんだが、土葬にしろ、火葬にしろ、社長の遺体は、埋葬された記録がないんだ。死因を調べようにも、遺体の在り処がわからない」

「遺体が消えてしまった、ということですね」

十津川は、自分の予想通りの事件が起きたと思った。

「どうにも面倒な事件だが、何十億円という遺産が、からんでいるらしい。慎重に捜査にあたってくれ」

「わかりました」

そう答えながら、十津川は、全く違うことを、いってみたくなった。

(わざわざ捜査しなくても、放っておいたら、自然に遺体は出てきますよ)

もちろん、常識人の十津川が、上司に対して、そんなばかげた言葉を口にするはずもない。

「全力を挙げて、捜査します」

それはそれで面白い、と十津川は思っていた。

あの黄金像の中に、本物の遺体が入っていると考える者は、十津川以外には誰もいない。見物客の誰ひとり、そんなことは考えもしない。

その十津川の考えが当たっているかどうか、それもわからない。黄金像の中に、遺体が入っていたとしても、いつか消えてしまうかもしれない。金メッキ以外にも、人間を消す方法は、いくつもあるだろう。

(不思議な時代だ。面白くて、怖い時代だ)

十津川は、胸の内で、いった。

この作品はフィクションです。
実在の人物、場所とは一切、関係ありません。

この作品は二〇二二年一月新潮社より刊行された。

新潮文庫最新刊

朝吹真理子著
TIMELESS
お互い恋愛感情をもたないうみとアミ。ふたりは〝交配〟のため、結婚をした——。今を生きる人びとの心の縁《よすが》となる、圧巻の長編。

安部公房著
飛ぶ男
安部公房の遺作が待望の文庫化！ 飛ぶ男の出現、2発の銃弾、男性不信の女、妙な癖をもつ中学教師。鬼才が最期に創造した世界。

西村京太郎著
土佐くろしお鉄道殺人事件
宿毛へ走る特急「あしずり九号」で起きたコロナ担当大臣の毒殺事件を発端に続発する事件。しかし、容疑者には完璧なアリバイがあった。

紺野天龍著
幽世《かくりよ》の薬剤師6
感染怪異「幽世の薬師」となった空洞淵は金糸雀を救う薬を処方するが……。現役薬剤師が描く異世界×医療×ファンタジー、第1部完。

J・パブリッツ
宮脇裕子訳
わたしの名前を消さないで
殺された少女と発見者の女性。交わりえないはずの二人の孤独な日々を死んだ少女の視点から描く、深遠なサスペンス・ストーリー。

浅倉秋成・大前粟生
新名智・結城真一郎
佐原ひかり・石田夏穂著
杉井光
嘘があふれた世界で
嘘があふれた世界で、画面の向こうにいる特別なあなたへ。最注目作家7名が〝今を生きる私たち〟を切り取る競作アンソロジー！

土佐《とさ》くろしお鉄道《てつどう》殺人《さつじん》事件《じけん》

新潮文庫　に－5－47

令和六年三月一日発行

著者　西《にし》村《むら》京《きょう》太《た》郎《ろう》

発行者　佐藤隆信

発行所　株式会社 新潮社

郵便番号　一六二―八七一一
東京都新宿区矢来町七一
電話 編集部(〇三)三二六六―五四四〇
読者係(〇三)三二六六―五一一一
https://www.shinchosha.co.jp

価格はカバーに表示してあります。

乱丁・落丁本は、ご面倒ですが小社読者係宛ご送付ください。送料小社負担にてお取替えいたします。

印刷・大日本印刷株式会社　製本・加藤製本株式会社

ISBN978-4-10-128547-4 C0193